銀狼の婚淫

CROSS NOVELS

華藤えれな

NOVEL: Elena Katoh

yoco

ILLUST: yoco

CROSS NOVELS

CONTENTS

CROSS NOVELS

CONTENTS

銀狼の婚淫

1　ボヘミアの森へ

忘れられない記憶がある。

思い出しただけで、甘くて優しい気持ちになる思い出。と同時に、切なさで胸がかきむしられそうになったり、勇気を与えられた気がしたり。

その昔、深い森で迷子になり、狼《おおかみ》の王さまに助けられ、彼の城で一緒に暮らしたときの記憶だ。

あれはまだ愛生《あい》が子供だったころのことだった――。

その城は、原生林に囲まれた小さな湖のほとりにひっそりと建っていた。

窓からはいつも甘くて蕩けそうなワインの香り。その城からはいつも同じ葡萄《ぶどう》の匂《にお》いがしていたように思う。

「おはよう、王さま」

朝方、ふっと目を覚ますと、銀色の毛をした狼王の胸に抱きしめられている。

「おやすみなさい、王さま」

朝になると、狼王の前肢《まえあし》に抱かれ、ふわふわとした毛に包まれて眠りにつく。

ホゥホゥホゥ……と鳴く大フクロウの声を子守歌にしながら、あたたかな彼の腕のなかで眠るのは、愛生にとって至福の時間だった。

そして、月に一度、満月の夜は、仲間を呼ぶ狼王の遠吠《とおぼ》えが深い森の奥に響きわたった。

おぼえているのは、凜然《りんぜん》と四つ肢で湖畔《こはん》にたたずみ、仲間を呼び集めている狼の王の神々しいほど美しい姿。

低く深みを感じさせる声が、シンとした森に冴《さ》え冴《ざ》えと反響し、やがて幾重にも幾重にも円を描くように遠くまでこだましていく。

その声が耳に響くと、愛生の胸にもじんわりとした幸福感が広がっていった。

やがて狼の王の声に誘われ、どこからともなく狼たちが集まってくる。

彼を先頭に、森のなかを疾走していく狼の群れ。

「わあっ、すごい、王さま、すごい、すごい」

愛生は彼の背に乗って、どこまでも一緒に森の木々の間を駆け抜けていった。

ふさふさの毛にしがみつき、森を走り抜けていくときのさわやかな疾走感。

森の奥の濃い大気。みずみずしい透明感のある風。

心地よく森を駆けめぐったあと、明け方、城にもどって、また狼の王の腕のなかで眠る。

「王さま、大好き。王さまの毛、あたたかいね。俺、とっても幸せだよ」

くるりと丸まり、その胸にもたれながら頬《ほお》をすりよせる。すると狼の王は愛《いと》しそうに愛生の額《ひたい》や頬を舐《な》めてくれた。

「くすぐったいよ、やだ……そこ……くすぐったいから、やだ、やだ」

愛生がくすくすと笑いながら転がりまわると、狼の王がちょっと困ったような表情をして、耳をぴくぴくさせてしまう姿を見るのが楽しかった。

なつかしい思い出。あれはどこの森だったのだろう。

狼の王と、一体、どこでどんなふうに出会って、どういう理由で一緒にいるようになったのかはなにもおぼえていない。

ただとても幸せな気持ちでいたことだけが記憶に刻まれている。

そしてその後の人生の励みになっている。

辛いことがあったり、淋しかったり、哀しかったりすると、必ずあのときの夢を見てしまう。そして目が覚めたとき、自分に言い聞かせるのだ。

いつかまたあの狼の王に会えるときがくるかもしれない、だからどんなに淋しくても、どんなに辛くても、前に向かって進んでいこう、なにがあっても元気にがんばっていこう、と。

＊

またあの夢を見ていた。

十年前、狼の王と、一緒に暮らしていたときの夢を──。

「……ん」

カーテンのすきまから入りこんできた陽射しに、愛生はうっすらと目を開けた。

ガタガタと石畳の上を走っているバスの振動。

遮光カーテンをひらくと、窓の外に朝陽に包まれた古めかしい石造りの街が広がっていた。

古い建物が残るプラハ──ここは中世の街並みがそのまま残ったヨーロッパで最も美しいといわれ

ている古都である。

（着いた、プラハだ）

昨夜、愛生はドイツのミュンヒェンから、ここ、チェコの首都プラハにむかう夜行の長距離バスに乗ったのだが、発車したとたん、すぐに睡魔に襲われ、ぐっすり眠っている間に到着していた。

（……何だろう、ここ……何となく見おぼえがある）

ふっと胸の奥からこみあげてくるものがあり、愛生はあたりを見まわした。

どうしたのだろう、何となく既視感《デジャビュ》を感じる。ずっと昔、心に染みた美しいものがあるような気がしてならない。

プラハ城も、川原であざやかに輝いている黄葉《こうよう》も紅葉《こうよう》も。それからモルダウ川《ヴルダヴァ》の銀色の波も。

（変だな……どうしたんだろう、俺……）

愛生は窓に顔を近づけて目を凝らして外の景色を追った。

木々のむこうには、朝の太陽をきらきらと反射させたモルダウ川。その対岸には、厳《いか》めかしいプラハ城のシルエット。

秋のさわやかな朝陽に照らされ、深紅の楓《かえで》の葉や黄金色の菩提樹《ぼだいじゅ》の黄葉がまばゆく輝いている。

息で曇った窓を拭き、そんな風景をじっと眺めているうちに、やがてバスは広々としたモダンなバスターミナルに到着した。

「うわっ、寒っ……」

外に出ると、ひんやりとした秋の冷気がさっと愛生のほおを撫でていった。

昨日まで愛生がいたドイツとはまるで違う匂いだ。どことなく甘さを含んだ、シンとした空気がとても心地いい。

それに、やはり仄《ほの》かになつかしさを感じる。

あたりを見まわしていると、どこからともなく、ヴァイオリンの音色が聞こえてくる。

ターミナルの外――ちょうど出口のあたりにヴァイオリンを手にした若い男性が立ち、優雅なメロディのクラシック音楽を演奏していた。

まわりに小さな人集《ひとだか》りができ、演奏が終わると、彼の足元のヴァイオリンケースに、小銭を投げ入れていく。

そのセンチメンタルで甘い旋律も、そうした光景にも既視感があるのだが、コマーシャルやテレビではなかったかといえば、そうだった気もする。

「……で……ここから、この住所のところまで、どうやったら行けるんだろう」

住所が記された紙を手に、バスターミナルを出てすぐ近くにある鉄道駅に入ると、愛生は構内にあるツーリストインフォメーションのカウンターにむかった。

「あの、ここへ行くにはどうしたらいいか、わかりますか」

ドイツ語で話しながらメモを渡すと、そこに座っていた男性が住所を見て、いぶかしげに首をかしげた。

「ここって……本気でこんなところに行くのか？」

「え、ええ」

「ずいぶん郊外だよ。どうしてわざわざこんなところに」

「用事があって」

「こんなところに用事……ね。それなら仕方ない」

ため息をついたあと、男性はカウンターの上にぱっと地図を広げた。

「ここだよ、このボヘミアの森の奥だよ。この森はシュマヴァ国立公園の一部になっている。きみの行き先は……プラハからはわりと近いけど、サイクリングやハイキングができるところとはちょっと違って、手つかずの自然が残った場所だよ」

「そうなんですか？」

愛生はカウンター越しに地図をのぞきこんだ。

「ああ、最寄りの駅はここ。プラハからはトラム《路線電車》に乗って行くんだ。終点で降りて、そこからはバスに乗るといい。バス停からあとはタクシーに乗ったほうがいいかもしれないね」

ボールペンでくるりと大きな森らしき緑の一角を丸で囲んだあと、トラムの番号を記し、乗り場を小さな丸で囲ってくれた。

「トラムの駅までは歩いていけますか？」

「地下鉄で行けるよ。旧市街を突っきっても行けるけど、二十分はかかるね」

「わかりました。ありがとうございます。では」

「あ、ちょっと待って。きみ、どこ出身？　今、訪問者の統計とってるんだけど、韓国？　それとも中国かな？」

「いえ、日本です」

「めずらしいね。最近、日本人は少なくてね。で、いくつ？」

「二十歳です」

「若く見えるね。十五、六歳くらいかと思ったよ」

男の言葉に、愛生は苦笑いを浮かべる。

ちらりと窓ガラスを見ると、細身の日本人が映っていた。

黒々とした切れ長の、それでいてくっきりとした目。

くせのない長めの黒髪、色白でほっそりとした肢体に、大きめのパーカーと白いカットソー、ジーンズを身につけている。

二十歳だが、そんなふうに見られたことは一度もない。全体的に幼く見えてしまう東洋人のなかでも、細くて骨っぽいせいか、愛生はとりわけ若く見られてしまう。

「で。日本のどこからきたの？」

「あの……ドイツのミュンヒェンからきて……」

「そうか、ドイツ語、上手だもんね。じゃあ、留学生なんだ」

「ええ、まあ、はい」

「ご両親は日本にいるの？」

「そんなところです」

実際は留学生ではない。まともに学校も出ていない。両親も家族も親戚もなく、日本国籍ももっていない——という事情を話すのも大変なので、こんなふうに通りすがりの人から質問されたときは、留学生と言うことにしていた。

「じゃあ、ここに名前を書いて」

言われるまま、アンケート用紙のような紙に「AI　KAWASAKI」と記す。

「アイ？　どんな漢字？　書いてみてくれる。今、漢字、はやってるんだ」

川崎《かわさき》愛生——と、書く。慣れていないので、あまり上手には書けなかったが。

「どんな意味があるの？　漢字には意味があるんだろう？」

「えっと……意味は……愛に生きるって意味です」

「へえ、リーベン《愛》とレーベン《生》が名前に入ってるんだ。素敵だね。ありがとう、じゃあね。気をつけて、ボヘミアの森はかなり深いから」

「はい、ありがとうございます」

礼を言って、トラムまでの道を進む。

（リーベンとレーベンか……確かにそうだ）

愛生という名前。愛生が子供のとき、知らない男性につけてもらった名前だ。

それまでは自分が何と呼ばれていたのか、まったく記憶がない。

どこで生まれ、どこで育ったのか、両親は何者だったのか——はっきりとしたことはひとつもおぼえていないのだ。

日本人というのは、助けられたときに日本名である愛生と名乗ったから、多分そうだろう——とまわりに言われただけで、確証があるわけではない。

旅行客の子供なのか、仕事で日本からきた家族の子供だったのかもわからない。

十歳のとき、ドイツの国境沿いの森で発見されるまでの記憶が殆どないのだ。

『多分、マフィアに誘拐されたのだろう——』

警察はそんなふうに言っていた。

ヨーロッパには、子供たちを誘拐する、巨大な人身売買ネットワークをもった闇組織がある。特に、東欧には多いらしい。東洋系の子供も多く、警察は、彼らのアジトがドイツ国境沿いの森にあるという情報を手に入れていた。

おそらく愛生はそこから逃げだして、森をさまようことになったのだろうと警察は推測していた。

（……本当にそうなのかどうか……証明されたわけでもないし家族から捜索願が出されていたわけでもないいんだけど）

ただ、わかっているのは、森のなかにいたとき、愛生が狼の群れにまぎれて暮らしていたらしいことだけ。

たとえるなら狼少女や狼少年のような感じで。

今から十年ほど前のことだ。

（そのときのことは……うっすらとおぼえてる）

狼の王と一緒に過ごしていた時間の、仄かな記憶。

彼の城で暮らして、彼の背に乗って、森のなかを駆け抜けた。

そんなあるとき、大人の男性が現れて、愛生に日本語の名前をつけてくれた。どんな人だったかは、よくおぼえていないが。

尤《もっと》も、その話をしても、誰も信じてくれなかった。むしろ首をかしげられた。

『それは夢だよ、狼と一緒にいたとき、心細くてそんな夢を見たんじゃないか』

『そうだよ、狼が城をもっていたり、そのなかに狼の王さまがいたり、いきなり現れた人間が日本語の漢字で名前をつけてくれるなんて、おとぎ話じゃあるまいし』

そう言って、誰もが否定するので、愛生は誰にも話さなくなった。

（でも……あれは……夢じゃないと思うんだけど……）

ただ確かに、それが自分自身の体験ではなく、他の誰かが口にしていたときは、やはり愛生も変だとは思うかもしれない。狼の王がいるとか、背中に乗ったとか……どう考えても夢ものがたりにしか聞こえないだろう。

（でも夢じゃない。……この愛生という名前があるかぎり）

狼の王の城にいたとき、愛生という名前をもらった。しかも日本語の漢字の。

それだけは確かなことだ。それまで愛生はまともに漢字が書けなかったのだから。

あれは、よく晴れた朝のことだった。

目を覚ますと、城のなかに二十代後半くらいの長身の男性がたたずんでいて、愛生にアルファベットでの読み方と日本語が記された紙を手渡してくれたのだ。

『おまえの名前はアイ、愛生と書こう。誰からも愛されるように、どんなところでも愛に包まれて生きていけるように、愛に生きると書いて――愛生――というのはどうだ？』

紙に記された『愛生―― Lieben und Leben』という文字。

実は、その男性があの城の持ち主で、狼の王と暮らしていたのかもしれない。

だがそれ以上のことを思い出そうとしてもできない。顔がはっきりと思い出せないのだ。

それだけではない。

狼の群れのなかにいたときのことも、なにもかもが薄ぼんやりとして膜がかかったようになってわからなくなっているのだ。

ただ記憶に残っているのは、『愛生』という名前をつけてもらい、銀色の狼王にくるまれながら眠っていた幸せな時間。

ふわふわとした狼王の毛。優しくて香ばしい森の匂い、それから城のなかでいつも漂っていた、濃厚な葡萄の香り。

寒いとき、狼の王のそばに行くと、むこうからすり寄ってくれて、舌先でペロペロと額やほおを舐めてくれた。真夜中、背中に乗って森のなかを疾走したこともある。

そして甘くて優しい味の、ノンアルコールのホットワインを飲んで眠りについた。

断片的にしかおぼえていないが、あのときのことを思い出すと、いつも胸の奥に切ない愛しさが広がって泣きたくなる。

一体、どんなふうにそこで暮らしていたのかわからない。

けれど、気がつけば、高熱を出して、ドイツとチェコの国境沿いの森で保護され、ミュンヒェンの大学病院に搬送された。

すっかり弱ってしまい、食事もできず、がりがりに痩《や》せて、なにを食べても吐きだして、死にかけていたらしい。

そのときの熱が原因で、それまでの記憶が曖昧《あいまい》になってしまったのかもしれない——と医師に言われたが、確かに何日も死線をさまよっていた。

『これはもうダメだ』

『かわいそうに。もうあきらめたほうがいいね』

そんなまわりの声を耳にしながら、自分はこのまま死ぬんだと思った。

そんなときだった。

『愛生……しっかりしろ。ダメだ、このまま死ぬなんて私が許さない』

誰かが耳元でささやき、手をにぎりしめてきた。

『生きろ、たくましく、なにがあってもへこたれずに生きるんだ。愛に生きると書いて――愛生――というのは誰だ？　まだ何の愛も知らないくせに、誰も愛したことがないくせに』

その声――。

名前をつけてくれた人物だというのはわかった。そのときの記憶も高熱のせいで、はっきりとしていない。

それでも甘い葡萄の香りと低く抑揚のある優しい声と、すらりとしたシルエットだけは記憶している。確かあしながおじさんのような影だったように思う。

『リーベンとレーベンが名前に入ってるんだ。素敵だね』

さっき、ツーリストインフォメーションにいた男のひとが言っていた言葉。

そう、自分でも素敵な名前だと思う。大好きだ。

親もなく家族もなく、児童養護施設で育ち、そこで働いてきた人生で、他人からもらった唯一の贈り物だから。

その後の三年間は、しばらく病院に入院し、あとは施設を転々とした。

川崎という名字は、たまたま施設職員の乗るバイクがカワサキだったことから、そんなふうにつけられたらしい。

施設では社会的な適応性があるかどうか調べながら読み書きや算数といった義務教育と同じ勉強を

した。

その後、十三歳のとき、愛生は身寄りのない子供たちが暮らしている聖アウグスト院という児童福祉施設にあずけられた。

それと同時に、ドイツのパスポートと国籍を手に入れ、十五歳になってからはそこで働くようになって、ようやく落ち着いて生活できるようになったのだ。

仕事は、子供や捨てられたペットの食事の準備や建物の掃除、それから修道院の畑仕事の手伝い、あとは修道院の横にある老人医療施設に入院している認知症の老人たちの介護。

家族もなく学歴もない自分に居場所があることや仕事があることがうれしくて、愛生は一生懸命働いてきた。けれど資金不足のため、施設の運営がままならなくなったらしく、いきなりそこから出ていくように言われて——。

『愛生、悪いが、うちにはもうおまえを雇っているだけのゆとりはないんだ。このままだと、子供たちもばらばらになるしかないんだよ』

施設の院長から困った顔でそう言われたのは、一昨日の夜のことだった。

施設にいる数十人の小さな子供たちと、犬猫十数匹。

彼らをバラバラにしないためには、以前に施設に出資してくれていたチェコに住むドイツ系貴族のところに行って、窮状を訴え、助けてもらうしかない、と。

『チェコのドイツ貴族?』

『ああ、その昔、プロイセンかオーストリアの統治下の時代に、広大な領地をもっていたドイツ系の貴族で、今はワイン事業を中心にしたビジネスを手がけている金持ちだ。ちょうど使用人をさがしているらしいんだ。そうそう、彼は、以前に、この施設にも出資してくれた方だ。おまえもおぼえているだろう』

『その人ってもしかして、俺にドイツの国籍をとれるようにしてくれた人ですか？』

今から七年前のことだ。その侯爵の推薦があったからこそ、愛生はドイツでの国籍もとれ、パスポートも手に入れられた。

そのとき、お礼の手紙を送ると、「手紙、ありがとう。幸運を祈っている」という愛生への伝言を受けとったと院長から聞かされたことがある。

『そうだ。そのときのお礼を伝えたあと、侯爵のところで採用してもらうように頼むんだ。施設への援助を頼むのはそのあとでいいから』

『待ってください。お礼は伝えたいです。でも俺なんかが……貴族の館で働けるなんて』

『大丈夫だ、身体の不自由なお貴族さまの介護のお手伝いをするだけだから』

介護……。もしかして、その侯爵がどこか身体を悪くされてしまったのだろうか。

『わかりました。じゃあ、行きます。俺、一生懸命、お世話させてもらいます』

せめてもの恩返しがしたい。そう思った。この国でこうして生活できるのも、就労ビザを持っているのも、その侯爵のおかげだから。

『よかった。じゃあ、頼んだぞ。行き先は、プラハから少し西へ行ったところにあるボヘミアの森だ』

ボヘミアの森――――！

その言葉に激しく胸が騒いだ。

別名ベーマーの森ともいわれるその場所は、チェコからドイツの国境沿いに広がる大きな森林地域だ。殆ど手つかずの自然が残る、ヨーロッパの緑屋根といわれる地域。そのドイツとの国境沿いで愛生は保護された。

だとしたら、狼の王の城は、その森のどこかにあるのではないか――と、ずっと考えていた。いつか行きたい。そう思っていた場所だった。

『じゃあ、連絡しておく。一度、面接をして欲しいとメールを送っておくから』

そうして院長の推薦状をもち、愛生はチェコにやってきた。

(ボヘミアの森か……狼王の城があるだろうか。とてつもなく広い場所だから、その城に行けるかどうかはわからないけど……)

愛生の夢は、いつの日か、あの狼王の城をさがしだすことだ。

そして狼の王に会いたい。それから、名前をくれた人物にも会いたい。

ありがとう、と感謝の気持ちを伝えるために。

そしてプラハにやってきた。

中世の街並みが残るボヘミアの古都プラハ。

駅からモルダウ川へとむかう旧市街には古めかしい石造りの建物がひしめきあい、網の目のように石畳の路地が張りめぐらされている。

二つの尖塔がある時計塔、大きな広場、整然としているミュンヒェンとは違い、まだ野性的な雰囲気が残っている気がする。

旧市街を抜け、愛生は川沿いの道に出た。

対岸にそびえたつ丘の上にプラハ城が見え、そのまわりには優雅な貴族の館のような建物が建ち並んでいる。

対岸へと続くのは、名高いカレル橋。

朝早い時間帯だというのに、観光客や大道芸人の姿があり、数百年前のヨーロッパにタイムスリップしたような世界が広がっていた。

（やっぱりなつかしい気がする。俺……昔、ここにいたんだろうか）

それだったらいいな、と思う。この街にいたことがあって、そのボヘミアの森で銀色の毛をした狼の王さまと出会ったのなら——。

いやいや、そこまで都合のいいことなんてないだろう。

でもボヘミアの森にいたら、いつか出会えるかもしれない……そんなことをあれやこれや考えながら、愛生はトラムに乗った。

川沿いを進んでいくトラム。

途中には、プラハキュビズムを用いた不思議な幾何学模様のようなデザインの住宅や、モダンな地下鉄の入り口、子供たちが遊んでいる公園、絵本から出てきたような教会や、丘の上の墓地へと通じる石造りの階段が続いていく。

今と昔とが不思議なほどの調和をもって溶けあっている。

本当に美しい街だと思った。

けれどなによりも心惹かれたのは色彩だった。

明るい陽射しを浴び、まぶしいほど煌《きら》めいている紅葉や黄葉、それから金色のさざ波がまばゆく輝いている河。赤い屋根とベージュの壁、焦《こ》げ茶色の壁の愛らしい家々。

それらが入り交じり、街を覆《おお》う空気までもがうっすらと茜色《あかねいろ》とも朱色とも思えるような色調に染まっている。

薄くて淡い朱色のヴェールのなか、やがて愛生の乗ったトラムが一時間半ほどで終点に着き、そこから指定されたバスに乗りこんだ。

着いたのは、小さな街だった。

丸く湾曲しているモルダウ川に抱かれるような敷地に、ひっそりと赤い屋根の家々が迷路のような路地の間にたたずんでいる。

中央には愛らしい丸屋根の教会。

その街のむこうに、延々と続く緑の空間が見えた。ボヘミアの森の一角だろう。

森への行き方を訊《き》こうと思い、インフォメーションセンターのある路地に入っていくとふわっと漂うワインの香りがあった。

収穫されたばかりのワインが醸造されていくときの匂い。このあたりは寒すぎて葡萄の栽培には向かないと聞いていたが、けっこう盛んに作られているようだ。

「あの……この森のなかの、この住所はご存じですか？」

愛生は、小さなセンターの扉を開け、カウンターにいた女性に尋ねた。

「ああ……白鳥の湖の近くね」

「え……白鳥のって？」

「ボヘミアの森にはたくさん湖があるでしょう？　貯水湖で有名なところとか、悪魔の湖と呼ばれているところとか。この森の奥に、本当かどうかわからないけど、バレエ『白鳥の湖』のオデット姫がいた場所のモデルになったといわれている湖があって、この住所は、チェコ語でその湖のほとりと記されているの」

「そういうことだったのですか」

「近くには、大フクロウの住む悪魔の滝壺《たきつぼ》と言われる場所があって、けっこう危険なので、あまり人は近寄らないわ」

そういえば、あの物語の悪魔は、大フクロウの化身だった。白鳥の湖と大フクロウのいる滝壺。そういうところから、誰かがあの物語を作ったのだろうか？

「わかりました。ありがとうございます。では湖を目印にして進んでいきます」

愛生がくるりとカウンターに背をむけると、女性があわてた様子で呼び止める。

「ちょっと、待って、待ってよ！」

ふりむくと、カウンターのむこうで女性が立ちあがって心配そうな顔で尋ねてきた。

「つかぬことを訊くけど、あなた……そこに誰が住んでいるか知ってるの？」

「はい、ヴォルファルト侯爵という、ドイツ貴族だと聞いています」

「……そう、知っているのね。正式には、ルドルフ・フォン・ヴォルファルト＝グレーツ侯爵という長い名前の貴族の館だけど……あなた……わざわざどうしてあんなところに行くの？」

「あんなところ？」

「だって、青ひげ公の城として恐れられている古城じゃない」

青ひげ公――その言葉の意味がすぐにわからず、一瞬、愛生は硬直した。

しかしすぐに思いついた。

童話のことだ。古い城に住み、妻を次々と虐殺する青ひげというあだ名の男の話。

「恐れられているということは……その城で、青ひげ公のように、侯爵が……何人も妻を殺しているんですか？」

「いいえ、そんなことはないわ。侯爵は独身だし……実際にそこにシリアルキラーがいるわけじゃないけど、そんな人物が住んでいてもおかしくないような場所なのよ。だから心配で」

「大丈夫ですよ。侯爵はとてもいい人です。俺、知ってますから」

愛生は笑顔で言った。

「だけど……これまでに何人かの美女がその館にむかっていって、森のなかで行方不明になったという噂もあるのよ」

「行方不明に？」

「単なる噂《うわさ》よ。べつに捜索隊が出たこともないから……だけど、そもそも森の奥の湖のほとりに住んでいるっていうのが変でしょう。まわりの森にいる野生の狼が根城にしているんじゃないかって話もあるの」

「野生の狼って……狼が出るんですか？」

愛生ははっとした。

「見た人がいるって話よ。本当かどうかはわからないけど」

確実にいるというわけではないらしい。愛生は肩を落とした。

「それに死霊がいるかもしれないから気をつけて。ウェーバーのオペラでも、ボヘミアの森には、死霊のいる狼谷があると恐れられているでしょう？　実際、そのあたりにはさっき言った底なしの悪魔の滝壺もあるから」

狼谷、そこに行けば狼がいるのだろうか。そうだといいのだが。

「わかりました。気をつけてむかいます」

「なにがあっても知らないからね。死霊は……冗談だけど、野生の狼に出くわすかもしれないし、くれぐれも気をつけてね」

女性は心配そうに言うと、白いメモ用紙に城までの細かな行き方を記してくれた。

「何だ、綺麗な森じゃないか。青ひげ公がいるだの、死霊が住む狼谷だの……と聞いたから、どんなおどろおどろしい場所かと思ったけど」

街外れの街道まで行き、愛生はボヘミアの森に入っていった。

木々の間にできた一本道。轍《わだち》と馬の蹄《ひづめ》の跡がある。ということは、誰かがいるということだ。この先に侯爵の館があるに違いない。

見上げると、ここでも黄金色《こがねいろ》に染まったブナや白樺の葉が幻想的でとても美しい。

森の、澄み切った秋の空気。白樺、桧葉《ひば》、松、樅《もみ》の木といった寒冷地特有の木々が郡立している。

愛生が進んでいくと、リスやウサギがさっと森の奥に逃げていく。

その途中、ぽとり、と頭上から耳元を通ってなにかが落ちてきた。

はっと見あげると、巨大なクヌギの木が枝を広げている。愛生の足下の枯れ葉の間に、いくつものドングリが落下していた。その上にさらさらと枯れ葉が重なっていく。

また、例のなつかしさがふいにこみあげてきた。

森のなかにいると、胸がきりきりとするほどの切なさを感じ、一番大事なところにもどってきたような感覚が起こるのだ。

様々な生き物、一枚一枚の葉、一本の木、そして風や光さえもがすべて命をもって魂をかかえて生きているように思え、そのなかにいると、甘いぬくもりに包まれ、安心して眠りにつけるような気がしてくるとでもいうのか。

昔、狼と一緒にいたとき、自分はものすごく幸せだったせいだろう。

だからそんなふうに感じるのだと思う。

少しずつ奥に進むにつれ、あざやかな秋の森といったのどかな風景が少しずつ変化し、シンとした人間社会から隔絶された姿になっていく。

（青ひげ公と呼ばれている……か。一体、どんな人だろう）

七年前、その侯爵は、愛生が働いていた聖アウグスト院にポンと信じられないほどの大金を寄付してくれたらしい。

それほどの金持ちなら、再び寄付するのも可能かもしれない。だから使用人として採用されたら、給料の前借りを頼めと言われた。

『すぐに寄付をお願いするんじゃないよ。それだけが目的だと思われて、印象が悪くなる。あくまで給料の前借りをお願いするんだ。いいね』

わかっている。当然だ。いきなり寄付を頼んだりしない。一生懸命働く。だからその分、給料を前借りさせて欲しい、と訴えるつもりだ。

だが、その前に、果たして自分を採用してくれるかどうか——。

（……俺……社会人に見えるかな……）

愛生は水たまりの表面に映った自分を見つめた。

長めの前髪、日本人にしてはくっきりとした目鼻立ち——細身で小柄で、どう見ても二十歳には見えない。頭がいいほうでもないし、上品でもなければ、愛らしくもない。

とりえといえば、健康。それから根性があって、なにがあってもめげないところ。

（そうだ、めげないのが俺のいいところだ。がんばろう）

孤児院の子供たちが行き場をなくさないように。施設を出るとき、泣きじゃくっていた子供たちのことを思うと、早く何とかしなければという気持ちになる。

それに認知症の老人たちも心配だ。それから犬や猫たちも路頭に迷ってしまう。

なにより老犬のタロのことが気になる。

タロは人間でいえば百歳くらいだ。愛生にとって家族のような存在である。一応、施設の子供たちに頼んできたが、できればひきとって一緒に暮らしたい。

「よし、がんばろう」

己を鼓舞《こぶ》しながら、前に進もうとしたそのとき、風の音に交ざって上流からなにか動物の唸り声のようなものが聞こえてきた。

狼……？

気のせいだったのか。誰もいない。茂みのなかに、青いリュックサックが落ちているだけだ。

愛生は手を伸ばして、草むらのなかからそれを拾った。

ところどころに、なにか動物の爪でひっかいたような跡がついているリュックサック。登山客かバックパッカーのもののようだが、破れたすきまから、食料品のパッケージや衣類がはみだしている。

そのとき、草むらに小さな銀色の毛をした仔犬がいることに気づいた。黒々としたつぶらな大きな眸。少しタロに似ている。

「おいで」

しゃがみこみ、愛生は前に手を伸ばした。くりくりとした大きな目、しっぽを左右に振りながら歩みよってくる。首輪がついているということはどこかの飼い犬だろう。

「こっちだよ、こっち」

クンクンと鼻を鳴らしながら、愛生の指の先に近づいてくる。ひとなつこい感じの仔犬だ。抱きあげると、愛生のほおをぺろぺろと舐めてくれる。

狼に似ているような気がするが、もしかすると狼の子供だろうか。それともシベリアンハスキーの仔犬だろうか。

なつかしい気がして、胸の奥があたたかくなってくる。

愛生は鞄のなかにあった小さなクッキーをとりだし、小さく割って、バラバラにして仔犬に食べさせた。昼飯用にと数枚もってきていたクッキー。仔犬はよほど腹を空かしていたのか、嬉しそうにぱくぱくと食べた。

もっと欲しいらしく、つぶらな眸で愛生を見あげてくる。

「今、これしかないんだ。館に着いたらミルクをもらおう。それからどこの犬か尋ねて、届けてもらうようにするから」

愛生はその小さな犬をボストンバッグのなかに入れた。持ってきたカーディガンやマフラーでふわふわとした寝床を作り、仔犬が息をできるようにして。

そのとき、愛生の背後で草むらを踏みしめる音がした。

獣の匂い。うう、という低いうなり声。

「――――っ」

はっと息を詰め、ふりかえると、木立の間に、じっとこちらの様子をうかがっている黒みがかった巨体があった。

熊だ――――！

ゆらりと影が揺れたかと思うと、一歩、こちらに進んでくる。木々の間から漏れた陽射しが、すうっと熊の顔を照らす。視線が合い、愛生は硬直した。

巨大な黒い熊だった。三百キロくらいあるだろうか、四つ肢で立っているだけでものすごい迫力である。

(どうしよう……この国には……熊はもういないって聞いていたけど……どうして)

いや、隣のスロバキアから連なっているカルパティア山脈には、熊が生息しているというのを自然番組かなにかで観たことがある。きっと流れてきたのだろう。

「……っ」

さらに、一歩、ぬっと巨体を揺らしてこちらに進んでくる。ズンという足音。地面から重い震動が伝わり、愛生は全身を震わせた。

ううーっという低く響く声。手にしていたリュックサックのことで怒っているらしい。彼の持ち物を盗んだと勘違いされたのだ。鞄のなかの仔犬が顔を出し、キャンキャンと吠える。その声に反応して熊が仁王立《におうだ》ちになってうなり声をあげた。

「……っ」

やられる……っ！

勢いよく突進してくる熊。もうだめだ。仔犬を抱きしめ、愛生はどこかに逃げられる場所がないかさがした。せめてこの犬だけでも。

そう思った瞬間、ガーンと耳を劈《つんざ》くような銃声が鳴り響いた。

木立の間に反響し、大きくこだましていく音。

「――――っ！」

その音に驚いたらしく、はっと熊が動きを止める。

遠くから、カツカツという馬の蹄《ひづめ》の音が聞こえてきた。

原生林の間の小径《こみち》から、漆黒《しっこく》の艶《つや》やかな馬がさっそうと現れる。馬が近づく前に、銃声からのがれるかのように、熊は木立の奥へと姿を消した。

現れた馬の上には、葡萄色の優雅な乗馬服を身につけた一人の男性が乗っていた。

その手には短銃。まだ煙が出ている。一瞬、古い映画のなかにまぎれこんだような錯覚、いや、何百年か昔にタイムスリップしたような感覚を抱いた。

というのも、この世のものとは思えない悠然《ゆうぜん》とした美しい男が、艶やかな毛並みの黒い馬に乗って森のなかから現れたからだ。

愛生は鞄のなかの仔犬を、そっと衣服で包み直した。

「シッ、静かに。じっとしてるんだぞ」

小声で仔犬に話しかけていると、いぶかしげに眉《まゆ》をひそめ、男が近づいてきた。

「そこでなにをしている」

男は手綱をひき、愛生の前で馬を止めた。

「……っ」

さらりとした艶やかな金髪、やや伏し目がちにした右の眸。しかし左目には黒い眼帯がつけられている。

あたりの空気を張りつめさせる存在感が漂う。いきなり中世の貴族が現れたと言われても疑いはしなかっただろう。

ただ、じっとこちらを見おろしてくる眸からは、およそ人間らしさが感じられない。

深い森のようなミステリアスな緑の眸だった。

息を殺し、ただ呆然《ぼうぜん》と立ちつくしている愛生を、とても冷めた眸で見据えている。

「ここは私の敷地だ。出ていきなさい」

チェコ語だった。あいさつ程度の簡単な言葉ならわかる。けれど話すことはできない。愛生はドイツ語で静かに返した。

「あの……助けてくださってありがとうございます。ところで……ここが敷地だということは、あなたがヴォルファルト侯爵ですか？」

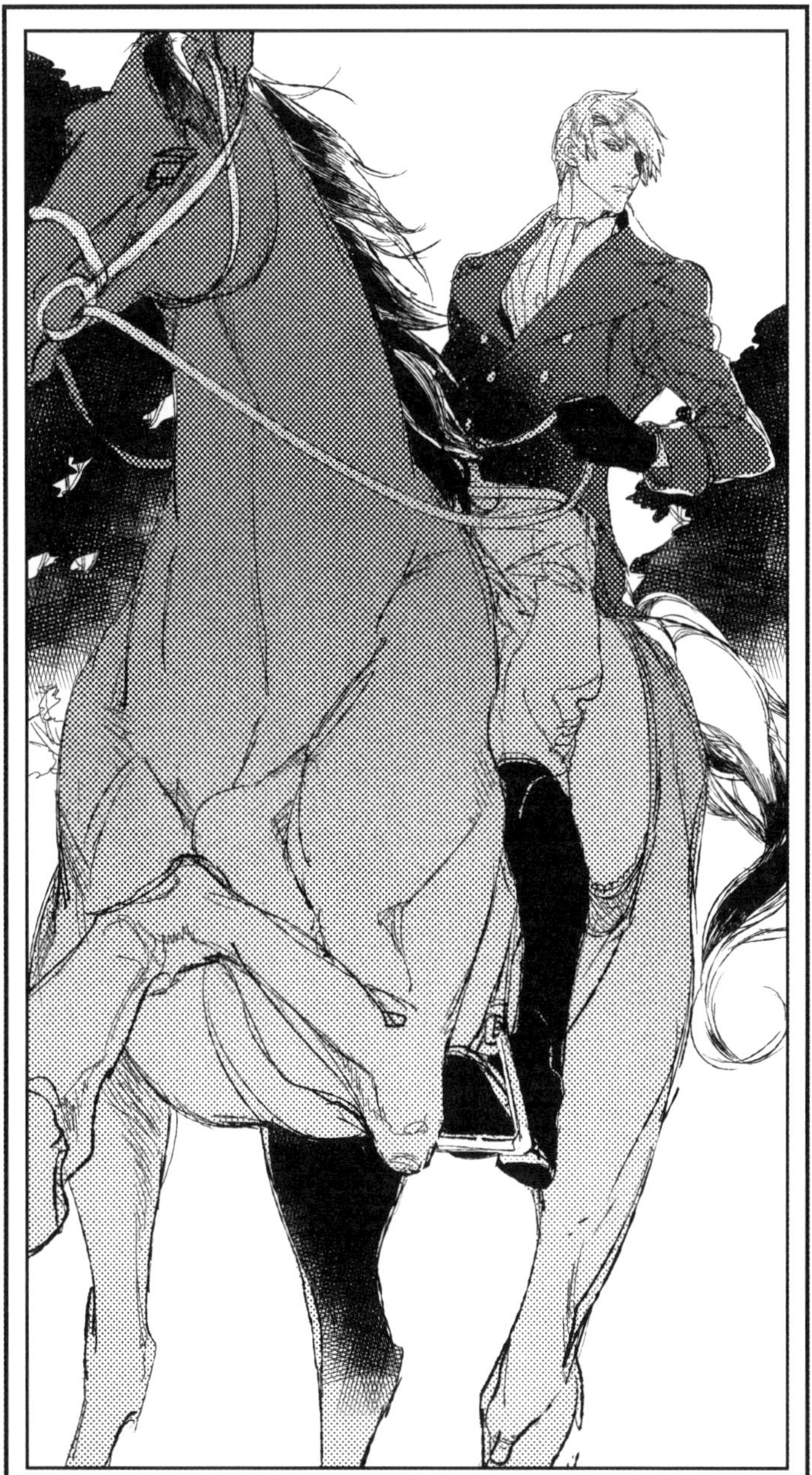

男はかすかに眉根をよせた。そしてじっと目を凝らすようにして愛生を見おろしてきた。

「そうだ。当主のルドルフだ」

その言葉に、ほっとしたように愛生は口元をゆるめた。

「あなたがそうなんですか」

こんなに若く美しい侯爵だったとは。

このヴォルファルト侯爵家というのは、ドイツとチェコ貴族の血を脈々と受け継いでいるという話だ。ドイツ特有の誇り高く優美な雰囲気と、チェコ特有のストイックで繊細な美貌《びぼう》、そして貴顕《きけん》の人間らしい自然な尊大さを漂わせた男だ。完璧なまでの優麗さ。

介護が必要で、青ひげ公のよう、女性が行方不明……などという噂を聞いていたので、どんなに恐ろしい男が住んでいるのだろうと不安になっていたが。介護が必要なのは、ご両親だろうか。

「初めまして。俺……あなたに会いにきました。こちらで介護のできる使用人を募集しているという話を聞いて、聖アウグスト院の院長からの推薦状もここにあります」

愛生はジャケットの胸ポケットから封書をとりだした。

しかし返事はない。しばらくして、男は冷ややかに吐き捨てた。

「新手のたかりか？　浅ましい孤児だ」

「え――――」

たかり？　浅ましい？　誰かと勘違いしているのだろうか。

「あの……俺、カトリック系福祉施設の聖アウグスト院から派遣されてきたんです。今朝までそこで働いていました。愛生といいます。ご存じないですか？　七年前、あなたが寄付されたとき、国籍の件でお世話になって……一度、お礼のお手紙を書いて、メッセージを頂いたことがあるのですが」

愛生はできるだけ丁寧に話した。けれど男からは冷たい返事しかなかった。

「知らないな」

「えっ、でも七年前、確かに……」

「寄付をしたことはあるが」

「では、俺の国籍のことも」

「記憶にない」

「え……」

記憶にない？　愛生は硬直した。

読んだこともない。

「孤児院からの手紙なんて読んだこともない」

「もちろんそんなところに興味もない」

一気に地面が崩れていくような感覚にめまいがする。

彼は大貴族だ。孤児の手紙を読んでいなくても仕方ない。それなのに、こんなにショックを受けてどうするのか。

そもそも自分はそんな立場ではない。彼に雇用してもらえればそれでいいのだから。そうだ、それだけで。

「あの……でも介護のできる使用人を募集しているって聞いたので……俺……」

「介護のできる使用人だと？　私がか？」

さも意外そうに言われ、愛生はとまどった。

（院長は、ちゃんと伝えておくって言ってたけど……伝わってなかったんだろうか）

すぐに気を取り直し、愛生は馬上にいる男を見あげ、懸命に頼んだ。

「俺、介護だけでなく、どんな仕事でもできます。体力には自信があります。何でもやります。がんばります。だから雇ってください」

馬上の男があきれたように長々と息をつく。

「で、採用後は、寄付と称して金を毟《むし》りとれとでも言われたのか」

「いいえ、給料の前借りをお願いするつもりではいましたが……どうかお願いします。子供たちが路頭に迷うんです。せめて使用人に雇って頂けたら、俺、その給料で何とか…」

愛生が正直に伝えると、男はふっと小バカにしたように嗤《わら》った。

「聖アウグスト院には、昔、多額の寄付をした。たった七年で使いきれる金額ではなかったはずだ。それなのにまた金の無心とは……」

「……ですが……」

「迷惑だ。それに……私が求めているのは使用人ではないぞ」

「え……」

「欲しいのは、花嫁だ」

花嫁――――？

「それともあの強欲な院長は、おまえを私の花嫁にでもするつもりなのか。それとも性的な介護でもさせる気か」

男はさげすむような眼差しを愛生にむけた。

「い、いえ、とんでもない……」

呆然として首を大きく左右に振ったそのとき、また馬の蹄の音が聞こえてきた。ふりむくと、一人の従者らしき男が同じように馬に乗って近づいてきた。

「ルドルフさま、こちらにいらしたのですか」

現れたのは、濃い金髪の髪をした美しい青年だった。

侯爵同様に古めかしい乗馬服を身につけている。眼鏡をかけているのでよけいに怜悧《れいり》そうに見えるのだろうか、チェコ人特有の端麗な顔立ちをしていた。

「遠乗りの途中にいらっしゃらなくなったので心配しましたよ。こんなところまでいらして、なにかあったら……」

「心配は無用だ。それより、さっき、ここに熊がいた。警備を厳重にするように」

男はあとから現れた従者らしき男に居丈高《いたけだか》に命令した。

「はい、わかりました、すぐに。……ところでこの者は?」

従者が小首をかしげて愛生に視線をむける。

「私の花嫁候補だそうだ」

揶揄《やゆ》するようにルドルフが言うと、従者の目が驚きに見ひらかれる。

「はあ?　ルドルフさまの花嫁に……この者が……ですか?」

「あ、いえ、とんでもない……俺はただ働く場所をさがしているだけで……」

愛生はあわててかぶりを振った。

それを無視するかのようにルドルフは、そっと従者に耳打ちし、彼がうなずくと、さっと馬を翻《ひるがえ》した。

「……っ」

現れたときのように颯爽と馬を駆って木立の奥へと消えていく。

彼が姿を消したのを見届けると、従者は説明を加えた。

「ルドルフさまが求められていたのは女性です。侯爵家の奥方と呼ばれるのにふさわしい方を。男性を花嫁にするわけにはいきません」

「は、はい」

「ですから、明るいうちに街へお帰りなさい——と言いたいところですが、熊が現れたのなら、危険ですので、あなたをこのままここに放置することはできません。今日は、城にお泊めし、明日、改めてお送りしましょう」

従者はさっと愛生に手を伸ばした。

「——私の馬にどうぞ」

「えっ……あの……いいのですか」

「はい。それに聖アウグスト院の現状についてもお話をうかがいたいとのことなので」

「現状ですか？」

ぼんやりとした顔で訊きかえした愛生に、従者はせかすように言った。

「早く。そんなところに立っていると、また熊がもどってきますよ」

「あ、いえ、はい、わかりました。ありがとうございます」

ちらり、と、ファスナーのすきまから鞄のなかをのぞくと、さっき拾った仔犬はすやすやと眠っている。あとで飼い主を探してもらおう。

愛生は従者の手をつかんだ。手をひっぱり、従者が馬上の鞍に座らせてくれる。前に座ると、従者はぐっと身体を近づけてきた。

「少し飛ばします。侯爵家まで半時ほどかかりますので、じっとしていてください」

「は、はい」

「私はヴォルファルト侯爵家の執事のハヴェルと申します」

「あ、俺は愛生といいます」

「愛生？」

「はい、日本語で愛すると生きると書いて」

「いい名前ですね。では参りますよ」

従者が馬を飛ばし、色づいた葉が目にもあざやかな木立を通り抜けていく。

しばらくして建物のシルエットが見えた。うっそうとした白樺の森の奥に湖が広がり、そのほとりに中世風の城壁に囲まれた古城があった。

2　森の館

「……こちらです」

秋のやわらかな陽射しを受け、古めかしい城がくっきりと湖面に映っている。

城の表の門には、威風堂々とした凛々しい獅子の姿が紋章のように刻まれていた。

門をくぐると、そこには中世というよりも近代的な、フランス風の庭園が広がっている。

大理石でできた人工の泉からは、さらさらと音を立てて水が流れ、昔の宮殿にあったような水路が続いている。

木々のむこうに広がった大きな池では白い鳥が戯《たわむ》れている。その奥には広々とした葡萄畑があり、男性が一人、葡萄を収穫しているのが見えた。

「すごいワインの匂い。そういえば、侯爵はワイン事業を手がけていらっしゃるのでしたね」

「はい」

「めずらしいですね、チェコはワインよりもビール造りが盛んだと思っていましたが」

馥郁《ふくいく》としたワインの香りのせいか、狼王の城を思い出す。

愛生は不思議な面持ちであたりを見まわした。

「ワイン、お好きですか」

「あ、はい」

「今は収穫の時期です。私の双子の弟のヨナシュがちょうどワインを醸造しているところです。あそこで作業をしているのがヨナシュです」

「双子……」

確かに遠目ではあるが、そっくりなのがわかる。

艶やかな金色の髪も、襟足《えりあし》が短めのすっきりとした髪型も同じ。ただしハヴェルは、執事らしい眼鏡をかけ、黒っぽい乗馬服という、絵画や映画に出てきそうな昔風の恰好《かっこう》をしているが、ヨナシュのほうは眼鏡がなく、白いシャツに焦げ茶色のつりズボンといった農作業用の恰好をしているので何となく印象が違う。

「本格的なんですね」

「当家では、飲み物はすべて自家製のワインになっています。見事な貴腐《きふ》ワインもありますが、今夜はせっかくなので、新作のものをあなたにごちそういたしましょう」

「いいんですか？」

「はい、では、こちらへどうぞ」

執事の馬から下りると、愛生は大きく目を見ひらいて周囲を見わたした。

本館は濃い土色の壁に白い石灰で、神話や聖書の絵が記されている。

「あれはルネサンス期に流行した装飾方法です。こうした建築方式は典型的なチェコの貴族の館となっています。ではこちらの部屋へどうぞ」

通されたのは、宮殿と違う道を通ってむかう石造りの別棟だった。

私設の聖堂になっているらしく、入り口の奥には百人くらいが入れる教会があった。

アール・ヌーボォ風の内装で壁には見事なステンドグラス、天井には青を基調にしたフレスコ画。

「素敵な教会ですね」

手入れが行き届かない聖アウグスト院とはずいぶん違う。上空からの秋の陽がステンドグラスに降り注ぎ、白い床にはその虹色の影がくっきりと刻まれている。

「ヴォルファルト侯爵家は、ドイツとチェコ、それからオーストリアの貴族の血をひいております。

この聖堂は、最近、新しく改築されたもので、天井画はミュンヒェンを代表する画家クリムト、ステンドグラスはチェコを代表するミュシャ……彼らのスタイルで描かれています」

確かに言われてみるとそうだ。

金箔がふんだんに使用された妖美な美しさをたたえた天井画。一方、ステンドグラスは誰からも愛されるような優しい表情の人物が刻まれている。

右側のステンドグラスは、キリストの生誕を描いた三賢人、馬小屋のマリア。左側は、世界中へ宣教にむかっている修道士たちの姿。

聖堂の横にある小さな応接室のような場所に通される。

するとルドルフが現れた。

ステッキをつき、ゆっくりと左足をひきずりながら歩いてくる。

乗馬服ではなく、別の服に着替えていた。現代の服装というよりは、百年ほど前の貴族の服装とでもいうのか、黒っぽい上着にベスト、タイ、それからズボンに漆黒の靴、あとはショパンやリストの肖像画のような恰好をしている。

彼が馬の頭が彫られたステッキを床につくたび、カツカツと音がして、そのあと彼がかすかに足をひきずる音が聖堂に反響していく。

(さっきは気づかなかったけど……この侯爵……左足が)

左目の眼帯、左足の様子……。介護が必要だというのは、本当だったのだろうか。

「お座りになってください」

葡萄色のゴブラン織りのソファにむかったそのとき、鞄のなかの犬が目を覚ました。呼吸ができるようにと、ファスナーを開けておいたのだが、クゥンと声をあげるのが聞こえてきた。

「なにかいるのか」

ルドルフが眉根をよせ、尋ねてくる。

「あ……狼みたいな仔犬を拾って。ミルク……頂けないでしょうか」

愛生は鞄から小さな犬を出そうとしたが、彼は一気に愛生の頭の上にのぼってきた。その様子を見ていたルドルフはあきれたように肩で息を吐いた。

「ハヴェル、ペーターのやつ、あんなところに。この男が拾ったらしい」

「ありがとうございます、ずっとさがしていたのです」

「え……こちらの犬だったのですか」

「犬ではありません。銀色狼の子供です」

「……銀色狼、このあたりにいるんですか？」

愛生は思わず問いかけた。

「はい。このあたりの銀色狼は絶滅危惧種《きぐしゅ》で、この仔狼は当家で育てているものです」

「だから首輪を……」

「はい。目印に犬用の首輪をつけております」

ハヴェルは愛生から仔狼をあずかると、近くにあったベルを鳴らした。彼の弟の双子のヨナシュが現れる。

「ペーターがいた。これを仲間のところに」

「ああ」

ハヴェルからペーターをあずかってヨナシュが去っていく。抱きかかえられながらも、扉のむこうに消えていく最後までしっぽをフリフリとしながら愛生のほうを見ていた。

「狼だったのか。どうりでなつかしい気がした」

愛生は淡くほほえんだ。

「なつかしい？」

「あの……俺、一時期、狼と暮らしていたので」

つい口にしていた。

ふだんは、変に思われることもあり、人に話さないのだが、ルドルフはとくに何の反応も示さなかった。顔の表情ひとつ変えない。

そんな様子を横目でちらりと見て、ハヴェルが口を挟んできた。

「不思議な経験ですね。いつごろですか」

「あんまりおぼえてないんですけど、まだ十歳くらいのときに……ドイツとチェコの国境沿いの森にある狼の住む城で暮らしていたことがあるんです」

再度、ハヴェルはルドルフをいちべつしたあと、眼鏡の奥の目を細めて愛生に問いかけてきた。

「……それは本当のことですか？」

「はい」

「怖くは？」

「いいえ、すごく幸せな思い出でした。どんなふうに暮らしていたかあまりおぼえてないんですけど、今も当時の夢をよく見て」

「夢を見るだと？」

ルドルフは機嫌の悪い声で問いかけてきた。

「はい、辛いことがあると必ず。その夢を見たあとはがんばろうって気持ちになるんです。だから狼を見ると、ふわっと胸の奥があたたかくなって。その仔狼の……ペーターでしたっけ、彼を見たときも同じような気持ちになったから……。あ、でも保護されて、結局、孤児用の施設で暮らすようになったんですが、国籍も身元もわからなくて困っていたとき、ルドルフさまのお口添えで国籍も取得できて……」

にこにことした笑顔で話す愛生とはまったく対照的に、ルドルフもハヴェルも無表情のまま押しだまっていた。

シンとした空気。しらけたような雰囲気に気づき、愛生は自分がバカなことをぺらぺらと喋《しゃべ》っていたのだと自覚し、口をつぐんだ。

そうだ、そんなことは忘れたとルドルフは言っていたのに、なにを今さら。

「すみません、よけいなことを」

「いや、その件なら、思い出した。あの院長のメールを見て」

「メール？」

「今さっき、確認した」

ルドルフはプリントアウトされた紙をハヴェルに手渡した。

愛生に渡せとあごで指示する。紙を見せてもらうと、そこには施設の院長がルドルフに金を無心している内容が記されていた。

――施設修復のため、ロシアンマフィアから金を借りたことは以前にもお伝えしましたが、あれから、ますます大変なことになっております。本日、あなたのところにお送りする愛生という青年は、以前に国籍取得のために協力して頂いた例の子供です。美しい青年に成長いたしました。気立てもよく、健康がとりえの働き者です。まだ誰にも穢《けが》されていませんので、ぜひお相手に。今度こそお気に召して頂けるのではないかと思います。


「な……これって」

愛生は呆然とルドルフを見た。

目をぱちくりとさせている愛生に、ルドルフはふっと艶やかに微笑した。

「おまえで七人目だ」

「七人目？」

「そうだ。これまでにも花嫁候補として、六人の美女を送りこんできた」

ルドルフは上着のポケットからベロア製の巾着袋《きんちゃくぶくろ》のようなものを出し、さっと下にむけた。

するとなかから音を立てて、古めかしい鍵が落ちてくる。金属音が響きわたり、あちこちが錆《さ》びた鍵のひとつが愛生の足下に転がってきた。

「ここにくる前に聞かなかったのか、私の噂を」

「……では……まさか」

愛生が驚いて顔をあげると、ルドルフは口元の笑みを深めた。こちらの反応を楽しむような、艶やかで優雅で、それでいてどこか昏《くら》さを孕《はら》んだ笑みに、なぜか背筋がぞっとした。

「そう、青ひげのように女たちを……」

「な……」

では女性たちが行方不明になっているのは本当だったのか。

「殺したのですか」

だが、ルドルフはなにも返事をしない。愛生の顔から血の気がひくのをただ眺めているかのような様子で冷笑を見せているだけで。

「次は……俺を殺すのですか」

その問いかけに、ルドルフは立ちあがり、ちらりとハヴェルをいちべつした。目でなにか合図したのだろう、ハヴェルは無言でうなずくと、愛生に近づき、ぐいっと腕をひきあげた。

「……あ……っ」

いきなり強い力で引っぱられ、ルドルフの前に突きだされる。ひざから崩れるようにその場に落ちた愛生の前に立ち、ルドルフは冷ややかな眼差しで見おろしてきた。

「この館にきた者は、二度とこの森から出られない。意味がわかるな？」

「やはり……殺すのですか」

「それがこの森のルールだ。周りに止められなかったのか？　なのにわざわざ森のなかに迷いこんできたのはおまえのほうだ」

ルドルフはさっとハヴェルに手を差しだした。ハヴェルが手渡した短剣の柄をつかみ、すぅっと鞘《さや》からひきぬくと、愛生の首に突きつけた。

「待って……困ります、俺、殺されるわけにはいかないんです」

愛生はルドルフを見上げて、強い口調で訴えた。

施設にいる子供たち、それに老犬のタロ。なによりタロよりも先に逝くわけにはいかない。子供たちを路頭に迷わすわけにいかない。

「なら、命乞《いのちご》いしろ。おまえの目的を正直に言えば、これまでの女たち同様に、命くらいは助けてやる。ただし、一晩、慰《なぐさ》みものにされるくらいは覚悟しておけ」

剣の先を舌先で舐め、ルドルフは値踏みするように愛生を見おろした。

「正直って……」

「ここにきた目的だ。私の暗殺か？　それとも花嫁になって財産をすべて奪う気か」

暗殺か、財産か——。

そんな人たちがこれまで送りこまれてきたのかと思うと、少しばかりこの男に同情したくもなるが、だからといって、その相手を殺していいってことにはならないし、こんなふうに威《おど》して怖がらせるというのも納得いかない。

「俺の目的は介護です。残念ながら、性的な介護ではなく、純粋に老人か病人か怪我人の介護だと思っていました。俺、施設では認知症の老人も介護していましたし、そういうの得意なので」

「ふざけたことを。院長はおまえを好きにしていい、性的な慰みものでも何でも自由にしろとメールに書いてよこしたのだぞ」

「院長の目的がそれでも、俺自身は違います。ただ……もし、俺なんかがあなたのお相手をして、満足して頂くことができて、その分の代金をもらえるのでしたら、俺はとてもうれしいです。すごく助かります」

本心だった。それで彼らの居場所が保てるのなら。

「金がなかったら、施設はつぶれる。おまえは新しい働き口をさがせばいい。それだけ健康そうで、元気なら、いくらでも仕事はあるだろう。なのに、どうしてそこまで施設にこだわる」

「愛する相手のために生きたいから」

「愛する……だと」

「はい、昔、名前もなかった俺に、愛生という名前をつけてくれた人物がいるんです。誰なのかわからないけど、愛に生きると書いて愛生。素敵な名前でしょう？　だからそれから愛に生きようと思って。施設には俺の愛する相手がいるから。子供たち、それから犬のタロ……。彼らのためにがんばることが俺の幸せだから」

するとルドルフはおかしそうに嗤った。

「気持ち悪いことを。虫酸《むしず》が走る。嫌いなタイプの人間だ。ずたずたに引き裂いて、いっそ殺したくなる……いや、こういう男こそ、ねじ伏せ、めちゃくちゃに犯して、とことん泣かせてみたくなる。そして最後に、愛なんてこの世では何の力にもならないものだと知らしめたくなる。そう思わないか？」

ルドルフはハヴェルに短剣を手渡した。

「お気持ち、わからなくもないです。これまでの女どもと違って、この者にはあなたが犯すだけの価値はあるでしょう」

なにを言っているのだろう、この人たちは。

気持ち悪い、虫酸が走る、嫌い、ねじ伏せたい、殺したい、などとことん悪く言いながら、犯すだけの価値だと？　意味がわからない。

「この男、意味がわからないって顔をしている。ハヴェル、説明してやれ」

「はい。おめでとうございます、愛生さん。あなただけですよ、これまでここに送りこまれた人物のなかでこれほどルドルフさまのお心を奪われたのは」

「奪われたって……でも嫌いだって」

「そうです。そこまで、彼の感情をかきたてた人間は初めてです。これまで院長がよこした女性たちは、ルドルフさまの感情を一ミリも動かすことさえできなかったのですから。嫌われただけでもすごいことなのです」

「すごいって」

何なんだ、嫌われただけでもすごいって、何様なんだ、ルドルフってやつは……。

「これまでの暗殺者や花嫁候補者は……ルドルフさまにとっては、森に落ちているドングリの実と同じ程度。頭に入れることも、心に留めることも、感情を乱すことも、もちろん犯す価値もない、どうでもよいような者ばかりだったのです。ですが、あなたは違うということです」

「ふざけているのですか、わけがわからない。てことは、俺はドングリよりは影響力がある、けど嫌われてるレベル……ツェッケンみたいなものか」

ツェッケンとは、マダニ。チェコやオーストリア、ドイツの森に多く生息していて、嚙まれると脳炎を起こす恐ろしい害虫だ。このあたりの者は全員予防接種を打っている。

「ツェッケン？　いえ、もう少しマシですよ、そこまで卑下《ひげ》なさらなくてもいいでしょう」

「では、俺を犯すのですか？　できれば使用人として雇って欲しいのですが」

立ちあがり、愛生は一歩下がって、ルドルフに視線をむけた。

「使用人として雇うもなにも、あいにく使用人には不自由していない。よそ者をうかつに招き入れ、なにか問題が起きても困るからな」

「愛生さん、当家では使用人は代々私の家系の者が務めております。外部の者を雇うことはありません」

「では……よそ者は、花嫁だけということですね」

愛生の言葉に、クククとおかしそうにルドルフが笑う。

「——っ！」

そしてステッキで、ぐぅっと愛生の首を押さえつけてきた。

「う……っ」

勢いのまま壁に押しつけられ、愛生は大きく目をみはった。怖い。彼から冷たい空気、なにか得たいの知れない闇を感じて。

「おまえを私が花嫁にするとでも思うのか。さっき言っただろう、せいぜい犯してもいい程度の価値しかないと」

「いや……俺はそんなつもりで言ったのでは……」

「私は院長には厳しくマフィアとの取引は禁止したはずだ。それを裏切って、しつこくしつこく私にたかってきて」

ルドルフはさげすむような目で愛生を見おろした。

迷惑だ――といわんばかりの態度。ルドルフは不快きわまりない目をしている。不愉快そうに、嫌悪するものを見るような眼差しだった。

「残念です。勘違いされて、嫌われて、虫酸が走るなんて言われて。七年前のこと、本当に感謝していたのに」

「七年前の感謝など私には関係ない。そもそも聖アウグスト院は、児童福祉施設に名を借りた人身売買、児童誘拐集団の根城となっていた。貴族の義務として寄付しただけだ。なのに、そのあとも無心してきて。あげくのはてに、寄付を断ったあと、女を送り込んだり、私を殺そうと刺客をよこそうとしたり」

殺そうと？　人身売買、児童誘拐集団だって？

違う。このひとはなにか勘違いしている。確かにそうした児童福祉施設はいくつかあるが、愛生が働いていた聖アウグスト院は違う。

子供たちを養子に出すときはちゃんと身元を確認していた。

「だから、ハヴェルに言って警察に連絡させた。院長がおまえを解雇し、あわててここに送りこもうとしたのは、何とか穏便に済ませようとしたからだろう」

「でも俺はなにも知らなくて」

「そんなところで働いていたおまえを私が信頼するとでも思うのか」

ひとかけらの情もない声が静かな部屋に反響する。

「違います。俺は……そんなこと考えていません。俺……そんなことをしている施設だったら、子供たちや犬を連れて逃げましたから」

「逃げた？」

「当然です。あなたは忘れたかもしれないけど、あなたの口添えのおかげでドイツ国籍を手に入れることができて……そこで同じような境遇の子供たちのために少しでも役に立ちたいと思っているだけです。気持ち悪いっておっしゃいましたが、俺の愛は、子供たちと犬のタロのために生きることで……」

そう愛生が言ったとき、ルドルフは胸元から銃をとりだして愛生に差しだした。

「では、これで自分が撃てるか」

「撃てるかって」

「子供たちを助けたいと言っただろう？　おまえがそれで自分を撃つことができたら、聖アウグスト院にいる子供たちは全員助けてやろう」

手に押しこめられた短銃。さっき森で、彼が放ったものだ。

「これって……でも俺……銃、まともに撃てません」

「なら、脱げ」

突然の言葉に、愛生は小首をかしげた。

そんな愛生を見つめ、ルドルフは冷ややかに言い放った。

「死ねないのなら、別の本気を見せろ。おまえでも男娼としてなら役に立つだろう。おまえが愛に生きていると言うたび、めちゃくちゃにしたい衝動に駆られる。犯してやりたいと。さっき、金がもらえるなら、それでも嬉しいと言ったではないか」

「は、はい」

「子供たちのために何でもすると言ったのは嘘《うそ》か？　これまで売り物にしてこなかったというのなら、その大切な肉体とプライドを捨ててみせろ」

「そうすれば子供たちを助けてもらえるのですか」

「おまえ次第だ」

ルドルフ。彼の考えていることがわからない。男娼など相手にするのはイヤだと言いながら、今度は男娼まがいのことをしろという。しかもその眸の色はどこまでも昏く、優しさの欠片《かけら》もない。なにか深い闇があるのはわかる。それが何なのかはわからないけれど。

「わかりました。俺にできることがあれば、一生懸命尽くします」

愛生の返事に、ルドルフは眉をひそめた。

「尽くすだと？」

「……はい。あなたの望むことなら何でもします」

愛生は淡くほほえんだ。

「本気なのか」

尊大で、冷たく無感情な声だった。

「はい」

愛生はパーカーを脱ぎ、なかに着ていたカットソーの裾に手をかけ、さっとそれ脱ぎ去って床に落としていった。そしてズボンのベルトを外しファスナーをおろしていく。

「やめろ」

ルドルフが吐き捨てる。

「おまえのストリップショーになど興味はない。興ざめだ」

「でも……今、脱げと」

「この聖堂の奥に来客用の小部屋がある。今夜はそこに泊めてやる。わからないことがあればハヴェルに言え。明日は、私がミュンヒェンまで送ろう」

「え……?」

愛生は驚いたように声をあげた。

「院長と話をする。厳しく言うつもりだ。二度とこういう真似はするな、と」

ルドルフがそう言ったとき、ハヴェルが困惑した様子で問いかけた。

「ルドルフさま……ミュンヒェンまで行かれるのですか」

深刻な顔で尋ねてくるハヴェル。

「ミュンヒェンなら日帰りで行ける。それに明日は新月だ」

「新月……確かにそうですが。わかりました。私が車を手配しましょう」

二人の会話がよくわからない。新月だと都合のいいことがあるのだろうか。

「それから、おまえにはこれを。私に嫌悪感を抱かせた報酬だ」

ルドルフはハヴェルに手を伸ばした。ハヴェルが彼に小さな紙とペンを差しだすと、ルドルフはそれにさっとサインを記して愛生につきだした。

「え……」

「小切手だ。十万ユーロある。それで当座はしのげるだろう」

十万ユーロ（約千四百万）——そんな大金、何年働いて貯められるか、愛生が手にしたことがないくらいの金額だった。

「あの……でも……こんな大金……」

「嫌悪感を抱かせてくれた報酬だと言っただろう。久しぶりだ、おまえのように不愉快な相手と話をするのは。なかなか楽しかったぞ」

「楽しかった？」

眉をひそめて問いかけると、ルドルフは艶やかにほほえんだ。

「おまえの覚悟だけは理解できた。子供たちと犬のために純粋に生きているバカバカしい覚悟に免じて寄付しよう。ただし、私の前で愛に生きるなんて愚かな言葉は二度と口にするな」

「どうして、どうして愛に生きるのは愚かなんですか」

「自分の頭で考えろ。おまえと話していると、不愉快の度合いが増していく。これ以上、増えると、その小切手を返してもらうぞ」

ルドルフがさっと手を伸ばす。愛生はとっさに小切手を胸元にしまった。

「いやです、これはありがたく頂きます。これで、子供たちが守れますから。院長が逮捕されるのなら、彼らを新しい施設に送るため、移動費や準備に金がかかりますから」

愛生は笑顔で答えた。不機嫌そうな顔でルドルフが問いかけてくる。

「何で笑う」

「え……」

「さっきもそうだ。脱げと言われても、笑顔をむけてきたし……その前も狼と暮らしていたなどと楽しそうに言う。私にはその思考が理解できない。……いかれているのか？」

「いえ。ただ嬉しかったので」

「嬉しかっただと？」

「ええ、だって最初は仕事がないって言われたのに、俺にできることがあったのが嬉しかったですし、こんな大金まで寄付して頂けて、幸せだなと思います」

愛生は思ったとおりのことを口にした。

「変なやつだ」

ルドルフはあきれたように言う。

「でも嬉しかったり幸せだったりすると、自然とほほえみたくなりませんか？」

愛生の言葉に、ルドルフはちらりとハヴェルをいちべつする。

「ルドルフさま、あとのことは私が」

「とにかく明日、送っていく。今夜はここに泊まればいい。ただし一歩も外に出るな。なにがあっても城には入ってくるな。いいな。ハヴェル、あとは任せたぞ」

ルドルフは冷徹に言うと、その場をあとにした。

「あの……俺……なにか機嫌を損ねましたか？」

愛生の問いかけに、ハヴェルは静かに答えた。

「いえ」

「でも俺が笑いかけたら、不愉快そうになられて」

「理解できないからでしょう。ルドルフさまは、幸せを感じてほほえまれることや愛に生きることを望んでいらっしゃらないので、他人のそうした笑顔をごらんになることは最もお嫌いなんです」

「え……」

「幸せになりたいと考えていらっしゃいませんし、嬉しくなることを望まれてもいません」

「どうして」

「昔、侯爵家の存亡に関わる事件があり、左目をなくされ、さらにある事故で笑顔を失ってしまわれましたので」

「あの……事故って……」

ハヴェルは淡々と語った。

「だいぶ前のことで、実際に見たわけではないので、聞きかじりでしか知りませんが……」

今日のように晴れた秋の森での事故。侯爵家の莫大な資産を狙《ねら》った者が、彼を暗殺する計画を立てたことがあった。彼の親族の多くが亡くなるなか、かろうじてルドルフだけが助かったが、そのときに左腿を負傷してしまったらしい。

何度かの大手術のあと、ようやく歩けるようになったとか。

「家族、あの目、左足の自由……それだけでなく、これまでの人生のなかで、ルドルフ様は多くのものを失ってこられました。今、生きていらっしゃるのは、侯爵家のたったひとりの生き残りとしての義務感からだけ。花嫁をさがしていらっしゃるのも、結婚して、子孫を残すことで、侯爵家の存続を考えていらっしゃるからです」

話を聞いているうちに、愛生の双眸《そうぼう》に涙がたまってくる。

「そんな痛ましいことが……。犯人たちは捕まっていないのですか?」

「証拠がないので」

「ひどい……警察は」

「ですから証拠がありませんので」

「でも」

「そういう事情もあり、ルドルフさまは幸せになりたいなどとお考えにならなくなったのです。今、あの方に必要なのは花嫁だけ。ですから、もう二度と彼と関わらないようにしてください」

「う……っ……」

哀しみ？　それとも怒りか。なにか強い激情のようなものが胸に広がり、愛生はそれを呑みこもうと懸命に息を殺したが、眸から涙が流れ落ちるのを止められない。

「愛生さん……」

ハヴェルが不思議そうに眉をひそめる。

「すみません……泣けてきて」

侯爵家にどれほどの財産があるかわからないが、そんなもののために大切な人を喪《うしな》い、彼自身もあれほどの怪我を負ってしまったなんて。それなのに、金をせびる形で、院長から自分のような者を送りこまれたら腹が立つに違いない。

「確かに……俺も人のことは言えませんね。彼の金を目当てにここへきたのですから」

ものすごく申しわけない。何てひどいことを。

「そういう意味で言ったのではありません。以前は孤児たちへの慈善活動もなさっていましたが、今はもうそうした者への興味もなくしてしまわれました。ですが……ご安心ください。あなたが他の人間たちと違うことは、ルドルフさまもちゃんとおわかりのようですから」

「そうですね……嫌いだとおっしゃっていましたから」

「だから言ったではありませんか、おめでとう、と。嫌うという感情でさえ、今までのルドルフさまには存在しなかったのです。感情が揺さぶられなかったら、小切手をお渡しになることはありません。あの方は、そのあたりはとても厳しい方ですので。ただそれ以上のことは……もうご無理で」

「わかりました。そのお気持ちだけで充分です」

胸が痛くてどうしようもなかった。嫌うという感情でさえも、彼にとってはきわめて稀《まれ》なのだと思うと。

彼がかかえている疵《きず》、心の闇まで理解することはできないが、それでも自分のことを違うとわかってくれたことを良かったと思おう。愛生は心で強く思った。

「では、明日のこともありますので、今日はごゆっくりお休みください」

バタンと扉が閉じられる。

一人になると、愛生は奥の寝室に行き、そこにあった小さなベッドに横たわった。

（ルドルフさま……か。思っていたひととはまったく違った。でも……）

家族を喪って、自分もあんな大けがをしていたなんて。

それを思うと、胸がきりきりと痛み、その夜、愛生は眠ることができなかった。


その翌朝、まだ陽が昇らない時間に起こされ、朝食のあと、すぐに車に乗せられた。

大型のリムジンでルドルフとむかいあう形で座り、プラハからミュンヒェンへとむかう。

昨日のような時代がかった服装ではなく、今日のルドルフはふつうに町中で見かけるような、濃い焦げ茶地のスーツを身につけている。といっても、これまで見たことがないほどの上質の生地だというのはわかる。

彼はなにを話すわけでもなく、じっと本を読んでいるので、愛生も窓から外の風景を見ることしかできない。

秋が深まりつつあり、プラハからミュンヒェンへの道のりは、赤や黄色の色づいた森や林、川……と風景がめまぐるしく行き過ぎ、見ているだけで楽しい気持ちになる。だが、ルドルフはそうした風景には一切興味がないらしく、外に視線をむけることもない。

（……執事のハヴェルさんが話していたけど……やっぱりそうか）

愛生自身も決して幸せな人生かと問われれば、そういうわけではない。

たとえば他人にこれまでの自分の人生を話すと、決まって口に出されるのが「かわいそう」という言葉だ。

家族がいなくてかわいそう。記憶がなくてかわいそう。国籍がなかったなんてかわいそう。

その次に出てくる言葉が「信じられない」――だ。

狼と一緒に暮らしていたなんて信じられない。

幼いころの記憶がないなんて信じられない。孤児院で子供の世話をしているだけの生活なんて信じられない。

けれど愛生は、自分をかわいそうだと思ったこともないし、信じられないような人生を歩んできたとは思っていない。

むしろその反対だ。幸せと幸運と嬉しさでいっぱいだった。

両親はいない。けれど狼と楽しく過ごしたあたたかい思い出がある。国籍がなかったけれど、ルドルフの口添えでドイツ国籍がもらえた。家族がいないのに、子供たちや犬の世話ができて、家族みたいに一緒に暮らすことができるなんて嬉しい。

(今もそうだ。就職先を見つけることはできなかったけれど、ルドルフさまが俺を信じてくれて、小切手をくれた。それってすごく幸せなことじゃないのかな)

本当は飛びついて「ありがとうございます」と笑顔でお礼を言って、そのほおや手に感謝のキスを贈りたい。

尤も、ルドルフはそんなことを望んではいない。憂鬱《ゆううつ》そうな表情で、喪ったひとたちへの哀しみをかかえて生きている。それがとても愛生には切なくて哀しかった。

(俺に……なにかできることはあるだろうか。この方の親切に……なにかお返しすることができたらいいんだけど)

だが、彼は愛生になにも求めていない。ルドルフが望んでいるのは、この小切手をもとに児童福祉施設の借金を完済し、きちんと施設を運営し、二度と彼に関わらないことだ。

花嫁をさがして、家族を持とうとしている彼の世界に、愛生の存在は必要ない。

それが少し淋しかったが、これからは院長が彼に迷惑をかけないように、陰ながら愛生にできることを精一杯やろうと思っていた。それしか自分にできることはないから。

やがて昼過ぎ、南ドイツ——バイエルン地方の大都市ミュンヒェンに到着した。

少し窓を開けると、すぅっと透明感のある空気が入りこむ。

車は秋の収穫でにぎわっている農村地帯を抜け、アルプスにむかう幹線道路の途上にある児童福祉施設に到着した。

「少しここで待っていてください。院長にルドルフさまがいらしたことを伝えてきます」

玄関の前で車から降り、愛生は施設に入っていった。

しかしなかは、人がいる様子がなく、もぬけのからになっている。

「どうして……」

隣接する修道院の修道士たちは、いつもどおり聖務につき、付属病院にいる老人たちも以前と同じように入院していた。変わったのは児童福祉施設だけ。修道士たちに尋ねても、隣にある児童福祉施設がどうなったのかはまったく知らない様子だった。

(どこに行ったんだろう……)

愛生が館内を行ったり来たりしながら必死にさがしていると、裏の勝手口から物音が聞こえた。

もしや子供たちが……と期待して勝手口のドアを開けると、そこにいたのは、院長に金を貸していたマフィアたちだった。

四人の黒っぽい服を着た強面《こわもて》の男たち。そのうちの一人がゴミ箱を裏返しにして底を叩き、なにか入っていないか確かめていた。

「ちっ、何も残ってねえじゃないか。くそっ、あの強欲院長めがっ!」

男が忌々《いまいま》しそうに吐き捨て、ゴミ箱を靴先でドンっと蹴飛ばしたとき、勝手口から飛びだした愛生に気づき、眼差しを険しくした。

「あ……っ！」

思わず硬直した愛生を見据え、中央にいた男がにやりと薄笑いを浮かべる。何度も金の取り立てにきていた組織の幹部だった。

「おまえ……ここにいたのか。さがしていたんだ、いい値で売ってやろうと思って。おまえもついてこい。オークションに出してやる」

男に命じられ、背後にいた三人の部下が愛生に銃をむける。

「ちょ……あの……待ってください、院長はどこに……」

「居場所が知りたいのは俺たちのほうだ。借金をかかえたまま逃げやがって。おまえとガキどもを売る以外にないじゃないか」

「待って、ガキを売るって……」

そのときだった。勝手口の前にある貯蔵用の物置の地下のほうからワンワンという犬の吠える声が響いてきた。

「――っ」

あれは――タロだ、タロの声だ。

あそこは収穫したばかりの野菜や果物を貯蔵している石造りの物置。その下にはワインの樽を貯蔵している地下室がある。

「タロっ！　俺だ、愛生だっ！」

愛生は男たちの間をすりぬけ、貯蔵庫に飛びこんでいた。

ワンワンワンっ、と激しく叫ぶタロの声。タロは川原で倒れているところを愛生が助けた秋田犬である。大きな耳、ベージュ色の被毛。ドイツに駐在していた夫婦が、ブームになった映画の影響で飼ったものの、扱いづらい犬として捨ててしまったということがあとでわかったのだが、それ以降は、愛生が飼い主となっている。

「タロ、ここにいるのか？　ヨーゼフやトビアスもそこにいるのか？」

地下室にむかうドアを開けようとしたが、鍵がかかっている。拳でドンドンとたたくと、子供たちの泣き声も聞こえてきた。

愛生はドンと身体ごとぶつかり、扉を開けると、階段を降りていった。地下室に入ると、そこには老犬のタロと、まだ五、六歳の少年少女たち四人が閉じこめられていた。

「愛生にいちゃんっ！　助けてっ！」

声をあげたのは、タロと一緒につながれていた一番大きな子供——赤毛のヨーゼフ。

あとの子はおいおいと泣いている。全員がロープで縛られ、柱に括《くく》りつけられていた。マフィアが人身売買しようと考えていたのだろう。

「待ってろ、今、助けるから」

ロープをほどきかけた瞬間、バタバタと勢いよく追いかけてくる靴音が聞こえ、なかに入ってきた男の一人にぐいっと腕を掴まれる。

「なにをしている、このくそガキがっ」

殴りかかられ、とっさにかわそうとしたが、子供たちが殴られてしまうことにハッとした瞬間ガツンとバットのような細長い棒で頭を殴られる。

「うぐっっ!」

衝撃が走り、愛生は肩から壁にぶつかって、どさり……と床に倒れこんだ。ものすごい激痛だった。倒れこんでいるところを、なおも腹部を蹴りあげてくる。

「ぐう……ぐっ……っ」

みぞおちを何度も硬い靴の先で蹴られ、愛生はうずくまった。驚いて子供たちは火がついたように泣き叫んでいる。苦しくて息ができない。だがここで負けてしまったら、彼らは売られてしまう。何とかがんばって逃がさないと。

「……っ」

壁に手をつき、愛生はふらふらとしながらも立ちあがった。

「待て、そいつは傷つけるな。オークションで高値がつきそうなタイプだ。見ろ、よく見れば、人形のような美しさだ。肌も真珠のように白くきめ細かい」

マフィアの幹部が近づき、愛生のあごに手を伸ばしてきた。値踏みをするようにしげしげと顔を見られ、背筋に寒気が走る。

(この男……懐に銃が……)

愛生は横目で銃のある位置を確かめた。ふらり、と倒れそうなそぶりを見せると、マフィアの幹部が腕を伸ばしてくる。

今だ——————!

愛生は力まかせに幹部の腹部を蹴りあげ、その懐に手を伸ばして銃を奪いとった。もともと運動神経はいいほうだが、火事場の馬鹿力のように力が出た。

「――――っ！」

トリガーに指をかけ、愛生は幹部の首筋に銃を突きつけた。銃なんて撃ったことはないし、使い方もわからない。だが、今はこうする以外にできることはない。そう思って、愛生はぐいっと幹部ののどに銃口を食いこませて、低い声で命じた。

「すぐに子供たちと犬を縛っているロープをほどいて解放するんだ。でないと、この男の脳をぶち抜いてやる」

愛生に気圧されたのか、マフィアの幹部が「言われたとおりにしろ」と呟き、仕方なく部下たちが子供と犬をつないでいたロープを解く。

「ヨーゼフ、トビアス、クララ、ロッテ、早くみんなで今のうちに地上にあがるんだ。タロと一緒に安全な場所へ。俺もすぐに行くから。タロ、みんなを守って。早くっ！」

愛生が銃を突きつけている間に、子供たちがタロとともに階段をのぼっていく。

「おまえたちは、そこを動くな。おまえは俺と一緒にくるんだ」

彼らを地下に残したまま、幹部に銃を突きつけて外にむかう。

上まであがっていくと、子供たちやタロの姿はなかった。

無事にどこかに逃げたのか……とあたりを見まわしたその瞬間、愛生にすきができたことに気づいた幹部がドンと腹部を肘で突いてきた。

「うっ……！」

みぞおちへの重い衝撃。愛生はひざから地面に倒れこんでしまった。

苦しさと反動で手から銃がこぼれ落ちる。だが、さっき、殴られた頭や腹の痛みもあり、すぐに身体が動かない。

その間に幹部が銃を拾いあげ、階段をあがってくる部下たちの靴音が聞こえてきた。

もうおしまいだ――。

観念したそのときである。ふいに愛生に突きつけられた銃を、細いステッキがあざやかに振り払うのが見えた。

「え……っ」

驚いて顔をあげると、そこに悠然とたたずんでいたのは、隻眼《せきがん》の男――ルドルフだった。

「ルドルフさま……」

くるくると回転しながら、短銃が宙を舞っていく。

それが大きく弧を描き、引力に負けて落ちてきた瞬間、さっとルドルフが空いているほうの手で受け止め、銃口を幹部の眉間《みけん》にむけた。

わずか一、二秒の早わざ。はっとして部下たちがルドルフにむけて、銃をかまえる。

しかしそんなことなど気にもしていない様子で、重さを確かめるように手にした銃を一回転させたあと、再び幹部に銃口をむけ、ルドルフは小さく息をついた。

「イスラエル製の安物か。この重さだと、弾は……四発。射撃訓練には物足りないが、ここにいる人数も四人。ちょうどいい数字だ」

どこまでも上品な仕草で、居丈高に呟くと、ルドルフは口元に薄笑いを刻んだ。もちろんその目は笑っていない。ただ彼らを挑発するためだけの、冷酷な笑みだった。

「この男……まさかチェコにいる……大金持ちって噂の侯爵ではありませんか」

部下の一人が幹部にささやく。

「ああ、院長が言ってた男だ」

「その強欲な院長は、今、どこにいる？　場所を教えろ」

ルドルフは静かに問いかけた。幹部が声を荒げる。

「知りたいのはこっちのほうだ」

「だったら、べつにおまえたちに用はない。さっさとその東洋人を置いて、この場から去るがいい。命が惜しければ」

あくまで優雅に、しかし尊大に告げるルドルフ。

彼の全身からあふれる高貴な雰囲気と圧倒的な冷気。

自分も銃を手にしているとはいえ、殺気を漂わせた三人の男から銃をむけられているというのに、何の恐怖も何の緊張も何の動揺も感じさせないのはどういうことなのか。そんなルドルフの態度が不可解なのか、反対にマフィアたちのほうが困惑している様子だった。

「おまえに命令される筋合いはない。この東洋人は、借金のカタに売る予定だ」

「借金の件なら、愛生、その男に例の小切手を」

ルドルフの言葉に、愛生は言われるまま胸元から小切手を出した。幹部は小切手を見て、大きく目をみひらいた。

「これは……」

「十万ユーロだ。十分な金額のはずだ。それをやる。だからその薄汚い姿を私の視界から消し去ってくれ。いや、私のほうから去ればいいのか。愛生、行くぞ。子供や犬も無事だ」

ルドルフは銃を地面に投げ捨てると、愛生にこっちへこいと、あごで指し示した。

「待て！　こいつっ！」

幹部が愛生の腕をひっぱろうとした瞬間、再び、ルドルフはさっとステッキの先で幹部の手を払った。さっきよりも勢いよく。空気を切り裂くように。

「しつこいと殺す」

低く響きわたる深みのある声。

「何だと、この男」

部下が彼に銃をむけ、トリガーに手をかける。指を絞るのが見えた一瞬、バンッという銃声とともにルドルフの足の先で弾丸が床にめりこんでいた。

「……」

ヒットさせるのではなく、脅しのための弾丸。撃たれようが撃たれまいがどうでもいいのか、ルドルフは完全に見下したような態度で、ステッキの先で足元に弾け飛んできた弾丸を軽く払った。そして優雅に愛生に手を伸ばした。

「車を待たせている。行くぞ。これ以上、醜いやつらと同じ空気を吸うのは真っ平だ」

「くそ、撃つぞ。よくもバカにして」

銃口が彼の胸にむけられる。そんなものはどうでもいいといった眼差しでいちべつすると、ルドルフはふいに淡い笑みを口元に刻んだ。

これまで一度も見せたことがない、満たされたような、どこか恍惚《こうこつ》とした艶やかな微笑。

「ご自由に」

さあ、どこからでも撃てといわんばかりの態度だった。むしろこの場を楽しんでいるかのようなほほえみ。愛生は吸いこまれるようにその笑みに見入った。マフィアたちもどうしていいのかわからない様子だった。

「さあ、帰るぞ」

ルドルフが愛生にうながす。

「あ……でも」

「夜までに家にもどりたい。醜い人間のなかにいると、身も心も穢れる。一刻も早くボヘミアの森の美しい空気で浄化されたい」

愛生の手をとると、ルドルフは身体でかばうようにその腕の中にひきよせてくれた。

ふっと漂う甘く上品な葡萄の香り。

ルドルフはそこにマフィアがいることなど意識から消し去ったかのように、くるりと背をむけ、鷹《おう》揚《よう》な仕草で地面にステッキをつきながら、ゆっくりと車にむかって進んでいく。

愛生は彼に抱きかかえられているが、ルドルフのほうは無防備なままだ。このまま彼が背中を撃たれないか、後頭部を狙われないか、愛生のほうは気が気でないというのに。

ちらちらと愛生が後ろを気にしていると、ルドルフが静かに言う。

「おまえの犬なら無事だぞ」

その言葉。命を狙われているという危機感が、彼のなかには存在しないらしい。もちろんタロのことは心配だが。

ステッキをつき、前に進む。またステッキをついて前に進む。それだけの単調な動作ではあるが、彼の姿はまるで典雅なダンスを踊るかのように繊細で麗しい。

きな臭い現場にいながら、まるで一人だけ現実から隔絶された場所にいる貴公子然とした態度。それがかえって薄気味悪いのか、マフィアたちは身動きひとつしない。

そうしてステッキをついた彼が車の前までくると、さっとハヴェルが出てきてリアシートのドアをひらいた。

愛生が入り、ルドルフが入ってドアを閉ざすと、車が音も立てずに動き始める。ふりむくと、マフィアたちは追ってこようとしない。

大型リムジンのリアシートには、四人の子供たちと老犬のタロが座っていた。

「愛生にいちゃん、ありがとう、助けてくれて」

「よかった、無事で」

愛生は四人をそれぞれ抱きしめたあと、老犬のタロをぎゅっと抱いた。

最初のうち、ヨーゼフたちは興奮して泣いていたが、ハヴェルから食べ物と飲み物を渡され、やがてほっとしたのか、リムジンの余っているシートですやすやと眠り始めた。

タロだけが眠ることなく、愛生のひざの下にきてすりすりとよりかかってくる。

「あの……助けて頂いて、ありがとうございます」

愛生はタロの頭を撫でながらむかいに座ったルドルフに礼を言った。

「プラハで、ハヴェルの従姉の、ユリエという信頼できる女性が児童福祉施設のスタッフとして働いている。そこの四人は彼女に任せよう。残りの子供たちと犬猫がどうなったかは、ドイツ警察に連絡し、その後の行方を確かめるよう頼んでおく」

「ありがとうございます」

「礼の必要はない。院長の不正も追及するつもりだ」

「本当にありがとうございます」

「礼は必要ないと言ったはずだ」

ついとルドルフは窓の外に視線をむける。

あいかわらずの無表情。冷たい言い方。冷たそうで、突き放したような態度をとっているけど、本質はとても優しいひとだと改めて実感した。

(ただ……さっきの彼が気になる……)

銃をむけられようとも、足元に銃弾を放たれようとも、顔色ひとつ変えなかった。

『ご自由に』

命に何の未練もなさそうな姿。それに『幸せになるのを拒んでいる』、ただ結婚して侯爵家の血を受け継いでいくことしか考えていないというハヴェルの言葉を思い出すと、いたたまれない気持ちが広がって胸の奥が苦しくなってきた。

もちろん自分になにかできることがあるわけではないのだが。

彼が求めているのは、花嫁。ただ家のために結婚するつもりだという話だが、もしかすると、結婚して、子供ができたときに、きっと誰かを愛する幸せを、もう一度、噛みしめられる日がくるだろう。

これほど優しい人なら。そうあって欲しい。

「……ルドルフさま、子供たちのこと、本当に助かりました。プラハで彼らを送り届けたあと……あの、動物病院に行きたいのですが」

愛生は足元のタロをちらりといちべつした。年齢も年齢だし、病気をかかえているので心配だった。

「その老犬は、私が診《み》よう」

「え……」

「病気をかかえているようだ。私が診察する」

「っ……診察？」

「私は獣医だ」

獣医――――？　愛生は目を見ひらいた。

「カレル大学を出たあと、大学で獣医学を学んだ。資格は取得している。ただし開業して働くためではなく、ボヘミアの森にいる狼の生態系を守るために獣医学を学んだだけだ」

「え……」

「イヌ科の生き物が専門だ。その老犬の診察くらいは可能だろう」

「あ、ありがとうございます。タロのこと、診て頂けるなんて……本当に……よかった……タロ……よかったね。獣医さんがいたよ……よかった」

愛生はタロをぎゅっと抱きしめた。自然とまなじりから、糸のように細い涙がすぅっと流れ落ちてくる。ルドルフはリアシートで足を組んだまま、じっと冷ややかに愛生を見つめたあと、ぼそりと言葉を続けた。

「その老犬の面倒はおまえが見ろ。私は診察をすると言っただけだ」

「え……ですが」

「我々一族は、屋敷のなかによそ者を入れることはない。邸内に住まわせるのは無理だが、湖の対岸に、別館がある。しばらくそこでその犬の世話をしろ」

「まさか……俺も置いて頂けるのですか」

「その犬は……人間でいえば百歳近い。どのみち、この冬は越せないだろう。冬の間は一族が集まることも少ない。たいして問題にはならないだろう」

「ありがとうございます。よかった、よかった……タロと一緒にいられるなんて」

愛生は足元にいるタロに手を伸ばし、その頭をぎゅっと抱きしめた。するとタロに愛生の喜びが伝わるのか、ふいに顔をあげ、ほおを舐めてきた。

「はは、っ……くすぐったいよ、タロ……やめろって……ハハハ……やだってっ」

愛生が笑いながらそう言ったとき、ルドルフがひどく不愉快そうに眉間にしわを刻んだ。

「あ……すみません、つい嬉しくて騒いでしまって」

「べつに」

「あの……置いてもらっているだけでは心苦しいので……なにか俺にできる仕事はないですか」

「仕事なら、その犬の世話がおまえの仕事だ」

「ですが」

「あとは、絶対に守ってもらいたい約束がひとつある」

「約束？」

「夜の間は、なにがあっても外に出るな。すべての窓の鎧戸《よろいど》を閉め、決して明かりを外に漏らさないように」

「は、はい。あ……でも、どうして」

「森にいる狼に、そこに人間がいることを知られたくない。野生の生態系の調査のため、彼らに人間の存在を知られたくないのだ」

「え、ええ」

「それに、夜、森に現れる人間の殆どが、我々を狙う強盗やマフィア、それから狼の密猟者だ。事故があって以来、よけいに一族の者の警戒心が強くなり、警備を増強させた。おまえが一人でいるところを見て、マフィアや密猟者と勘違いした一族がなにをするかわからない。混乱を招く」

「……わかりました。外出しないように気をつけます」

愛生は笑顔で言った。ルドルフが視線をずらす。

「わかったならそれでいい」

「あの……それでひとつ訊きたいのですが、昨日も少し話をしましたが、その野生の狼のなかに、人間の子供がまぎれて暮らしていた話はご存じないですか」

ルドルフからは何の返事もない。窓の外に視線をむけたままだ。

しかも隻眼の眼帯をつけている左側をこちらにむけているので表情はわからない。だが愛生は話を続けた。

「俺、狼と暮らしたことがあると言いましたよね？　それ多分、ボヘミアの森のことなんです。昔、風の噂ででも聞いたことがありませんか？　人間が交じっていた狼の群れがあったという話……」

しかしルドルフはやはり何の返事もしなかった。

「疲れた、少し休む」

腕を組んだまま、だまりこむルドルフ。

それからプラハに着くまで彼は目を閉じたままだった。

知らないなら、知らないの一言で済む。けれど彼はなにも言わない。だから知っている。きっとなにか。そんなふうに思った。

3　呪い

チェコに着くと、森の館に先にもどるルドルフと別れ、愛生はハヴェルとともに子供たちをあずける児童福祉施設にむかった。

そこはカトリック系の規律正しい女子修道会が運営する児童福祉施設で、常時、三十人近い子供たちが暮らしているという。そのまま修道の道に行く者もいるが、殆どが子供を求めている家族のもとに送られているらしい。

「初めまして。ハヴェルの従妹で、ユリエといいます」

現れたのは、漆黒の修道女の姿をしたユリエという、聡明そうな美貌の女性だった。

「こちらの子供たちです。どうぞよろしくお願いします」

「ルドルフさまからお話はうかがっています。身元の調査、健康診断を済ませたあと、彼らの希望を聞き、今後どのようにするか決めていきたいと思います。もちろん教育面でも。それから他の子供たちに関しても、その後、うちでひきとる必要が出てきたときは、責任もってお世話いたしますので」

「ありがとうございます。どうぞよろしくお願いします」

以前にいた聖アウグスト院よりもずっとしっかりしたところだった。

国籍の問題や法的な問題もきちんと臨機応変に対応してくれると説明をうけたあと、タロとともにボヘミアの森の湖のほとりにあるルドルフの屋敷の別館へと案内された。

「どうぞこちらです」

タロと一緒に車から出ると、さぁっと冷たい風がほおを撫でていった。冬になる少し前の、透明感のある澄んだ風。そのたび、かさかさと音を立てて白樺や菩提樹の黄色い葉が舞い落ちてきて、地面を覆っていく。

ヒョーヒョーと若い女性が泣いているような甲高い声が森の奥のほうから聞こえてくる。鹿の鳴き声だった。

そんな湖のほとりに建ったコテージのような別館。白樺と樅の木に囲まれ、湖面を一望できるテラスには、外で食事をとれるようなテーブルや椅子があり、そのままそこから階段をおりてボートに乗れるようにもなっていた。

「リビングの手前にあるキッチンの冷蔵庫には、ハムやチーズ、トマト、バター、牛乳、オレンジジュースなどがあります。パン、ジャム、水はその横の棚に。缶詰めもあります。それからコーヒーや紅茶が飲みたければ、ご自由にコンロをご使用ください。ワインは奥のセラーから自由に出して飲んでけっこうです。当家で造られたものなのですよ」

「は、はい」

「寝室の隣にはバスルームがあります。湯の出が悪いときがありますので気をつけて」

「わかりました」

「あとでルドルフさまがいらっしゃいますので、こちらでお待ちください。もう暗くなってまいりましたので、決して鎧戸を開けないようお願いします」

「はい」

すべての部屋という部屋、廊下や浴室の窓まで鎧戸が閉ざされた部屋。明かりをつけたまま、厚手のカーテンを手でつまみ、ちょっとだけ鎧戸のすきまから外を確かめる。

バサッという音がしたのでなにかと思ったが、白っぽい鳥が水辺に降りていった音のようだった。今夜は月がないので、明かりが漏れていないと真っ暗だ。対岸にあるルドルフの館からも明かりらしきものは漏れてこない。

さっき去っていったハヴェルの車が移動しているライトの動きだけがうっすらと見える。それ以外は、外灯もなにもない深い森。

鎧戸の鍵を締め、愛生は寝室の明かりをつけた。広々とした大きな天蓋《てんがい》つきのベッドが置かれた寝室。暖炉とクローゼットが置かれている。

手前のリビングルームには、薔薇《ばら》色のカーテンがかけられ、木製の家具以外の、壁や調度品はすべて白と薔薇色の落ち着いた優しい色彩で統一されている。優美な幾何学模様が織りこまれた絨毯《じゅうたん》は深い濃紺色だった。

部屋の中央には円卓が置かれて、窓の横の書棚には革装がなされた書物がぎっしりとならび、壁にはミュシャの絵が飾られている。壁にかかったライトや電気スタンドはすべてアール・ヌーボォ。多分、エミーレ・ガレあたりだろう。

なにもかもがとても繊細で美しい。インテリアも調度品も、豪華なホテルに間違ってきてしまったような気がする。

「タロ、こっちへおいで」

くすぶっていた暖炉に薪を足すと、ひんやりとしていた部屋がふわっとあたたかくなる。

ムートンのラグを火の前に置き、毛布でタロ用のスペースを作ったあと、愛生はリビングルームを見まわした。

見おぼえがあるような、ないような。ずっと昔、狼王と暮らしていた城は、ここよりももっと大きくて、もっと古めかしくて、もっと豪奢《ごうしゃ》だったように思う。けれど家具の細工の雰囲気や、木組みと天井の造りが、何となく狼王の城を思い出させるのだ。

そうしてぼんやりと部屋を見ていた愛生は、戸口にたたずむ人影に気づき、目を見ひらいた。

長身の黒いシルエット。

眼帯をつけ、無表情でこちらを超然と見据えていたのはルドルフだった。

「ルドルフさま……いつのまに」

「玄関にハヴェルが届けてくれた鞄がある。とってきてくれ」

「はい」

愛生は廊下に出て、玄関に置かれている診療鞄を手にとった。

ずっしりとした重み。医療器具が入っているのだろう。玄関のむこうから馬のいななきが聞こえてくる。車ではなく、馬できたらしい。どうりで、エンジンの音がしなかったはずだ。

リビングルームにもどると、タロの前にひざをつき、額にルドルフが手を当てていた。

「バッグをそこへ。なかが見えるように開けろ」

「はい」

「タロは心臓が弱っている。少し血圧を下げたほうがいい。血管拡張薬も置いておくが、食餌療法と、それから体調がいいなら、少し散歩させてやるといい。ツェッケンもまだいる時期だし、森には狼や熊もいるので、そうだな、朝のうちに半時ほど、この建物の前の湖畔周囲だが。どの場所を歩くと危険な動物がいるかは、おまえよりタロのほうがにおいで判断するだろう」

「あの、いいんですか、こんなに年なのに散歩なんて」

「本当に歩けなくなるまでは、できるだけ歩かせてやれ。タロはボヘミアの森が気に入ったようだ。ここでおまえと過ごせて幸せだと思っている」

ルドルフが額を撫でると、タロはこれ以上ないほど心地よさそうに目を細め、すぅっとその手に身体を寄せていく。

「タロの心がわかるんですか」

問いかけたが、ルドルフはなにも答えず、鞄からとりだした点滴を淡々とした仕草でタロに投与した。

愛生はその横顔をじっと見つめた。多分、彼はタロの考えがわかるのだ。まだ少ししか知らないが、このひとには答えたくないことが幾つかあるらしい。答えがイエスのときだ。そしてそのときは無言になるということに気づいた。

十分ほどして点滴がなくなると、ルドルフはタロの額にキスをして彼の腰から針を外した。

「しばらくは、このまま動かさないように。監禁と長い移動で、体力が弱っている。栄養剤を打ったので今夜はゆったりと休ませてやれ」

壁に手をついて立ちあがり、ルドルフは立てかけておいたステッキに手を伸ばす。

「ありがとうございます。鞄を馬まで」

「それはここに置いておく。持ち運びするのが面倒だ。明日からは、毎日午後三時、タロの診察にくる。そのときに体調の報告を」

ゆっくりとステッキをつき、ルドルフが玄関へとむかう。愛生がついていこうとすると、彼は眉間にしわを刻んで立ち止まった。

「いいから、そこにいろ」

「ですが……」

「必要だと思ったら、ハヴェルに命じる。そういうことはおまえの仕事じゃない」

「では、なにか俺にできる仕事を与えてください。でないと……俺……」

「外に出ないことだ」

冷たく言うと、ルドルフは愛生に背をむけた。

(そういえば……俺……嫌いだって言われたんだっけ)

親切にしてくれるから、ちょっと勘違いしそうになった。

彼が気になっているのは、愛生ではなく、タロだ。

やがて蹄の音とともに彼が去っていったあと、今度は馬のいななく声が聞こえた。ハヴェルが籠《かご》を手に現れた音だった。

「夕飯を届けにきました」

リビングルームのテーブルにクロスをかけ、ハヴェルは籠に入れてあった料理を並べ始めた。鍋を出し、グラーシュというチェコ名物のシチューを皿に盛りつけていく。

グラスを始め、ガラス製の食器や花瓶はすべて芸術作品のような美しいボヘミアングラス。それに他の食器もずいぶんと愛らしい。何て繊細で、優美なフォルム。真っ白な陶磁器に、澄んだコバルトブルーの色で模様が描かれている。

「すごい綺麗な食器ですね」

「そちらはチェコマイセンのものです。ドイツのマイセンもすばらしいですが、この国の天才的な芸術家たちが白い陶磁器に描いた絵柄を、ルドルフさまがとても愛されていて」

「すべてルドルフさまのご趣味ですか？」

「はい、ルドルフさまは大変美意識の高い方です。こちらの淡い薔薇色のワイングラスにほどこされたエナメリングがお気に召されて」

「恋人とか新婚カップルに似合いそうなグラスですね。そういえば、この部屋のインテリアも、すべてそんな感じで」

「ええ、こちらはいずれ花嫁を迎えるためにルドルフさまがご用意された館ですから」

「……っ、そうだったのですか」

どうりで、なにもかもがすばらしく瀟洒《しょうしゃ》だと思った。

「いいのですか、そんなところに俺なんかが住んで」

「けっこうです。ルドルフさまの命令ですから。ここにあなたがいることを知っているのは、私とヨナシュ、ユリエだけです」

「え、ええ」

「ですから、外に出て姿を見られないようにしてください。夜はもちろん、狼が姿を現す日中も。犬の散歩は、午前八時までに済ませるようにして」

「わかりました。早めに散歩を終えます」

「では、どうぞ。犬用のフードはこちらに。明日の分です」

「ありがとうございます」

「明日の朝食はご自身でどうぞご自由に召しあがってください。昼食は午後一時、夕食は午後七時となります」

「すみません、そんなにして頂いて……」

「ルドルフさまの命令です。それからルドルフさまがこちらに診察にいらっしゃる時間帯には、午後のお茶とスイーツもご用意いたしますので」

「じゃあ、午後のお茶の時間はルドルフさまと一緒に？」

「いいえ、あなたお一人で。ルドルフさまはその間に犬の診察をされます」

「え……」

「ルドルフさまは、他人とは食事をされることがありません」

「はい」

「では私はこれで。なにかありましたら、こちらでお呼びください」

愛生に携帯電話を渡し、ハヴェルが去っていく。

彼が出ていったあと、愛生は席についた。

薔薇色のボヘミアングラスのなかで、黄金色のシャンパンがはじけている。

用意された食事は、チェコの風土料理で、とてもおいしかった。グラーシュという熱々の肉のシチューと、クネドリーキといった小麦をこねた主食の茹でパンとポテトのパンケーキ。

ちぎったクネドリーキにバターとラズベリーのジャムをのせて、口に放りこんでいく。嚙みしめると、バターの味が染みでて口内がまろやかになった。それからグラーシュも一口食べただけで身体が奥からあたたまった。

タロのためとはいえ、ルドルフはこれ以上ないほどよくしてくれる。花嫁のための部屋を愛生に用意し、食事やお茶やスイーツまで。

けれど……淋しかった。

一口、二口とぼんやりと部屋を見まわしながら食べていると、暖炉の前で眠っていたタロが起きて愛生に近づいてきた。クゥンと鼻を鳴らして、愛生の足元にすり寄ってくる。

「タロ……」

笑顔を浮かべ、愛生はタロに手を伸ばした。

愛生が淋しそうにしていると、必ず近づいてくる。愛生は食事を終えると、ルドルフがしていたようにタロの額を撫でた。

「ルドルフさまは、タロの心がわかるみたいだね。もしかして、タロもルドルフさまの心、わかる？ルドルフさま……俺のこと、本当に嫌ってる？」

問いかけても、タロは小首をかしげてきょとんとした顔で愛生を見あげるだけ。

「ごめんごめん。変なこと訊いて」

愛生は気をとり直したようにタロにほほえみかけた。すると愛生の腕に前肢をひっかけ、タロが胸に飛びこんでくる。

「うわっ、やばいって……タロ、おまえの体重、やばいから」

くるくると抱き合ってじゃれながら、一緒に床に倒れこみ、うずくまるようにして暖炉の前に移動していく。

ふわふわとしたタロの毛。こうしていると、昔、狼と一緒に眠っていた時間を思い出す。

愛生はタロの首元にほおをすりよせた。肌触りのいい毛。ふかふかとしている。狼王の毛もそうだった。ちょうど今ごろの季節、秋の葡萄の香りが漂っていたとき、狼と一緒に降り積もった枯れ葉とドングリの寝床で眠っていたような記憶。

やわらかな毛が愛生の冷えたほおをくすぐり、心地よいぬくもりに包まれて眠った記憶。タロは狼よりはずっと小さいが、耳の形も尻尾もよく似ていた。

「タロ、ルドルフさま……俺を助けてくれた狼のこと……きっと……知ってるよね」

タロの頭を撫でながら、愛生は鎧戸の閉まった窓を見ながらぽつりと呟いた。

ルドルフさま、きっと狼王のこと知っている。

そんな気がしてならない。十年も前のことなので、そのころは、ルドルフもまだずっと若くて、十代後半くらいだっただろう。

そのあと事故やら事件やらがあって、心を閉ざすようになって、それでも、今、まだこの森で狼の生態系を保護する仕事をしているのだとしたら、狼の王と彼の群れ、それから城にいたひとのことを知っているとは思うのだけど。

（俺に愛生という名前をつけてくれたひと。顔はおぼえていないけれど、ちょうど今のルドルフさまくらいの年齢のひとだったと思う。声も似ている。すらっと背が高くて、優しそうな雰囲気で。もしかして彼の親戚だろうか）

事故で亡くなった親族の誰かなのかもしれない。だから、そのときのことを思い出したくなくて、ルドルフは愛生の質問になにも答えないのか。

「だとしたら、これ以上……訊くのは……ダメだよね」

狼の王、名前をつけてくれたひと。おそらくルドルフは知っている。けれど話したくないなにかがある。だとしたら愛生の問いかけは、彼の心の傷口を大きく広げているのかもしれない。ふとそんな気がしてきた。

「狼の王のことも、あのときの男の人のことも……知りたいけど……ルドルフさまが言いたくないのなら、無理に訊かないほうがいいよね」

愛生のひとり言にタロが困惑したような表情で耳を下げ、不安に小首をかしげる。とっさに愛生は笑顔を見せ、ぎゅっとタロを抱きしめた。

「ごめん、心配させて。タロ、俺、今はタロが一番だから。ここでタロと過ごすことが一番幸せだから」

ルドルフが話したくないのなら、あえて知ろうとしてはいけない。

ギリシャ神話のように、パンドラの箱を開けない。

そうだ、オルフェウスのように、ふりむいて、愛する妻を失ったりしない。青ひげ公の花嫁のように、入ってはいけないと言われている部屋に入ったりしない。

それと同じだ。ルドルフの閉ざされた心のドアをたたくような真似はしない。

狼の王のことも、名前をつけてくれたひとのことも、彼が話したければ話してくれる。話さないのは、話したくないだけの理由があるからだ。

自分に言い聞かせ、愛生はタロの毛の中に顔をうずめた。

ふわふわの優しい毛。ぱちぱちと暖炉で白樺の薪《たきぎ》が爆《は》ぜる音が聞こえてくる。さっき食べたグラーシュのおかげで身体がぽかぽかしてだんだんと眠くなってきた。

いつのまにか愛生はタロと一緒に暖炉の前で深い眠りについた。


それからしばらくタロの世話をしながら、一日に一度、ルドルフが馬に乗って犬の様子を確かめにくる日々が続いた。

その間、ルドルフからの質問を受けながら、愛生はハヴェルの用意したスイーツを食べることになっている。だが、これがどうにも落ち着かないのだ。

「タロの体調は安定しているようだ。散歩のときの様子は？」

「元気です。一日三十分ほど、湖とこの建物の周囲を歩いていますが、後ろ肢が少し歩きにくそうですけど」

「ああ、肉球に少し疵がついていた。それは治してある」

「ありがとうございます」

せいぜいその程度の会話で、それ以上の無駄話はひとつもない。もともとそのあたりのドングリの実よりはマシと最初に言われたし、マフィアのように醜い存在とは思われていないようだが、愛生の存在はといえば、ドングリどころか、ただの空気くらいなものだ。

「あの……ルドルフさま、タロの診察の前に、お茶の一杯くらいどうですか」

一週間ほどが過ぎた午後、ルドルフとともに現れたハヴェルが午後のケーキを用意してくれたとき、思い切って愛生はルドルフに声をかけてみた。

「お茶？」

「今日のケーキは、葡萄とクルミを使った秋らしいタルトだって聞いていたので、俺、それに合うようにここの貯蔵庫にあったハーブを使って、書棚の本を参考にして自分でお茶をブレンドしてみたんです。タロの治療のお礼に」

ガラスのカップに入れたハーブティをルドルフに差しだした。

バーベナとアニスとラヴェンダー、それからカモミールをブレンドして、気持ちがゆったりとできるようなお茶を作ったのだ。

「どうかこれを……お茶だけでも」

ルドルフがいぶかしげに眉をひそめる。すると愛生のため、ケーキを用意していたハヴェルが困惑したように言葉を挟む。

「前にお話ししませんでしたか、ルドルフさまは他人とはお食事をされないと」

「……ええ。でも、ルドルフさまがタロを診ている間、俺だけ、ケーキを食べているのも申しわけなくて」

ここで出されるケーキは、毎日、口のなかが蕩《とろ》けるかと思うほどのおいしさだ。だが、目の前で、無表情のルドルフが淡々とタロの診察をしているのに、一人、同じ部屋でパクパクとケーキを食べていていいのか。

「ケーキが口に合わないのか」

ルドルフの問いかけに、愛生は「いいえ」とかぶりを振った。

「ケーキはすごくおいしいです」

「なら、食べろ。そこにあるのはおまえのケーキだ、私のものではない」

「ですから、一緒にお茶でも」

愛生はグラスを差しだした。ルドルフが片方だけの目を眇《すが》めて、ハーブティの入ったグラスを見つめる。

アニスとバーベナの黄金の色がほんのりついたハーブティ。ふわりとラヴェンダーの優しい香りが漂っている。ルドルフがさっとグラスに手を伸ばす。

「ルドルフさま、いけません」

「わかっている。香りを味わうだけだ」

ルドルフはすぅっと息を吸って香りを確かめたあと、愛生にグラスを返した。

「いい香りだ。葡萄によく合う。おまえは早くケーキを食べろ」

口をつける気にはならないらしい。一口も。愛生が作ったようなものなど口内に入れることはできないということか。

完璧な拒絶。ふいに泣きたい気持ちになったが、愛生の様子をタロが心配そうに見ていることに気づき、とっさに笑みを作った。

「すみませんでした、余計なことをして」

「謝る必要はない」

「では、今からケーキを頂きます。どうかタロのことをよろしくお願いします」

「それでいい。おまえは食べていればいい」

突き放すように尊大な口調で言うと、ルドルフはいつものようにタロの診察を始めた。

「味はどうだ？」

「おいしいです。とても」

「それならそのままそこで食べていろ。もっと欲しかったらハヴェルに言え」

ああ、そういうことか。ケーキでも食べていろというのは、その間はだまってろ、余計なことは言うな、という意味なのだ。

(喋りかけるなってことか)

それからはなにも言わず、愛生はルドルフの前ではケーキを食べることしかしなくなった。

そのことに満足しているのか、ルドルフの表情は、愛生が黙々とケーキを食べていると、少しだけやわらかくなる気がする。

愛生がだまっていると、彼は少しだけ機嫌がいいのだ。

(何だよ、俺が食べる姿が楽しいのかよ)

今日もそうだ。パクパクと栗の入ったアーモンドキャラメリゼのケーキを次から次へと口に放りこんでいると、ちらりと横目で確かめ、ルドルフはふいに少しだけ嬉しそうな口元をする。

ちょっとあきれているというか、苦い笑みというか、よくそこまで食べるなといった表情で。

(いいだろ、おいしいんだから。この口のなかにじんわりと溶けるキャラメルの甘み、ふわっとした

生クリーム、舌先でほわっと蕩ける栗の食感……どれも、めちゃくちゃ）
やけになって、ケーキの真ん中にのっていた栗を勢いよくフォークで突き刺し、ぱくりと口にほおばる。

その様子に、ふっとルドルフが冷ややかな、それでいて少しばかり皮肉めいた笑みを見せる。

（もしかして……本当に楽しんでいるのだろうか）

バカみたいにガツガツ食べている愛生を、おかしく思っているのならそれでもいい。

それだけでも少し嬉しい気がしてしまう自分がいるから。

以前にハヴェルが言っていた。

『嫌い、虫酸が走る……そこまで、彼の感情をかきたてた人間は初めてです。これまでは、ルドルフさまの感情を一ミリも動かすことさえできなかったのですから。嫌われただけでもすごいことなのです』

だとしたら、こちらのバカなところにあきれて、少しだけ楽しそうにしていることは、ルドルフにとって大きな進歩なのではないだろうか。

「タロ、寒くなってきたけど……大丈夫？」

年のせいか、日々寒さが増してくると、タロの眠っている時間が長くなっていく。

子供たちはあれからどうなっただろう。元気にしているだろうか。

その後のことが訊きたかったけれど、ハヴェルはその件に関しては、ルドルフからなにも聞いていないと答えるだけ。

せめて、ユリエという女性の修道院の電話番号がわかれば、ハヴェルから借りた携帯電話を使って、子供たちのことを尋ねる電話をかけられるのだが。

(ルドルフさまがもどられたあと……ハヴェルに修道院の電話番号を教えてもらおう)

その日もいつものように三時に現れたルドルフは、タロの診察をしながら愛生がケーキを食べている姿を横目にして出ていった。

外ではさらさらと吹き抜けていく秋風が日ごとに冷たくなっている。ガタガタと窓枠が鳴り、冷えた風がどこからともなく建物のなかに入ってきた。

夕暮れにはまだ早いが、そろそろ鎧戸を閉めようかと思ったとき、湖畔にめずらしく人影があった。三人いる。全員が馬に乗っているようだ。

「あれは……」

ハヴェル、ヨナシュ、それから一人の女性——ユリエがそこにいた。

(よかった、ユリエさんに、子供たちのことを尋ねよう。ヨーゼフやトビアスのことが気になる)

夜は絶対に建物の外に出るなと言われていたが、今ならまだ大丈夫だろう。

愛生はバルコニーから湖畔に降りて彼らに近づいていった。そのとき、ちょうど馬に乗ったルドルフが彼らに合流した。

「待たせたな」

ルドルフの声。どうやらそこで待ち合わせをしていたらしい。

(ダメだ……ルドルフさまがいるのなら、そばにいけないし……話しかけられない)

愛生がもどろうとしたそのとき、彼らの近くにいた仔狼のペーターが愛生に気づいたらしく、さっと草むらを走り抜けて駆けよってきた。

「ペーター、シッ、静かに」

そっと抱きあげ、愛生はペーターを抱きしめた。うれしそうにペーターがペロペロと愛生の顔を舐めてくる。この前より少し大きくなったみたいだ。元気そうな様子が嬉しかった。

草むらから、彼らの様子を見ると、全員が深刻な顔をしている。ルドルフはことさら機嫌が悪そうだ。ここに愛生がいるのがわかると、いっそう機嫌を悪くしてしまうだろう。

ペーターをもどすにはどうしたらいいだろうかとあたりを見ていると、ユリエの声が耳に飛びこんできた。

「ルドルフさま、いけません、よそ者を別館に入れるのは。あの日本人と犬くらい、私のところでお世話しますから。もうすぐ狼の繁殖シーズンがきます。これをのがすとまた一年……」

「そうです。我々としてはあなたさまに一刻も早く花嫁をお迎え頂きたいのです」

ユリエに同調したのは、彼女の傍《かたわ》らにいたハヴェルの双子の弟――ヨナシュだった。そんな二人にルドルフが静かに、低い声で返す。

「わかっている、おまえたちの言うとおりだということは私にも」

いつもの尊大さや突き放すような口調ではなく、温和で上品な貴公子といった印象だ。愛生の前とずいぶん違う。

ユリエが訴えるように言う。

「ルドルフさま、今、外の世界では、めまぐるしいほど早く時代が変化しております。これ以上、開発が進んでしまうと、この森と狼があなたをお守りすることもできなくなってしまいます。それでなくても狼の生息区域も年々減っている現状。政治家のなかには、観光客の安全のため、ボヘミアの森の狼を、表向きは保護という形で捕獲しようと法案を考えている者もいます」

彼女の言葉の意味がわからない。

狼の繁殖シーズン？　森と狼がルドルフを守っている？　開発が進むと守れないという意味は？

「やめるんだ、ユリエ。ルドルフさまもよくわかっていらっしゃるんだ。ヨナシュ、ユリエを森の外まで送ってくれ。私はルドルフさまを館にお送りする」

ハヴェルの言葉に、ヨナシュとユリエが去っていく。愛生は動くこともできず、ペーターを抱きしめたまま、草むらのなかに身を隠していた。

「ルドルフさま、申しわけございませんでした、従姉がさしでがましいことを」

彼らが去ったあと、ハヴェルはルドルフに神妙な顔で謝った。

「いや、ユリエは正しい。彼女にもヨナシュにも、もちろんハヴェル、おまえにもどれほど感謝しているか。私のような者のために」

「もったいないお言葉です。私たちは、先祖代々、侯爵家の忌まわしい歴史を知る者として、その呪いを解くため、お仕えすることを喜びとして生きておりますので」

侯爵家の歴史？　呪い？

一瞬、そんな言葉が聞こえてきたような気がしたが、しかし湖をわたる風にかき消された。

「だからだ、私の存在によっておまえたちの人生が犠牲になっているのではないかと思うと、とてつもなく申しわけない気持ちになる」

「ルドルフさま、それを思われるくらいでしたら……どうか花嫁を」

「……ああ」

「花嫁をさがすことよりも、愛生さんのことが気になるのですね」

「……ああ」

二人の言葉に、愛生は息を詰めた。自分の話題。しかもルドルフが自身の結婚問題よりも愛生を気にしているとはどういうことか。

「愛生が幸せでなければ、私は結婚などできない。まさか彼がいきなり現れるなんて」

「思い出されたのですか、十年前のことを」

十年前……。では、やはりルドルフは、愛生を知っていたのだ。狼の王のことも。

「愛に生きる……か。まさかそのままそんな生き方を実践していたとは」

愛生の名前の由来も知っている。狼の王だけではなく、やはりあの人のことも――。

「……では、彼の愛を求めてはいかがですか。子孫は望めませんが、きっとあなたが一番欲しかったものが手に入りますよ」

彼が一番欲しかったもの？　愛生の愛があれば手に入るのか？

「おまえはそれでいいのか。こんなに尽くしてくれているのに、私が一番求めているものを手に入れても」

「あなたがお望みなら、私にはなにも」

「どうしてそう思うようになった。あれほど結婚を急かしていたくせに」

「仕方ないではありませんか。愛生さんが元気にケーキを食べている姿、それを見ているだけで、あなたの表情が明るくなって、今まで見たことがないほど幸せそうに思える。そんな姿を目にして、今さら別の人間と結婚など……」

それでは……ルドルフは、愛生をバカにしてあんな顔をしていたのではなかったのか。

「だから思ったのです。愛生さんがルドルフさまを本気で愛してくれるなら、彼があなたへの愛のために生きてくれるなら……もしかすると、それこそがあなたさまにとって、最も幸福な道ではないかと」

「だが、許されないことだ。彼がすべての真実を知って、なお私を愛するなんてことはないのだから。おまえもそれがわかっているから、そんなことを口にしているのだろう」

苦笑しながら言うルドルフに、ハヴェルが深刻な顔で視線を落とす。

「……ええ、そうですね、奇跡でも起こらないかぎり」

「人の悪い男だ」

「人が悪いわけではありません。私の切なる祈りです。おとぎ話のごとく、真実の愛があなたの呪いを解いてくれるようにという……」

ハヴェルは顔をあげ、まっすぐルドルフを見つめた。ふっとルドルフが鼻先で嗤う。

「真実の愛だと？　そんなものがこの世に存在するのか」

「存在しなければ、あなたの呪いは解けません」

「では、呪いが解ける日はこない」

「ずっと苦しい恋をなさるおつもりですか」

「苦しいから、呪いなのだろう？」

二人が馬に乗って、その場を去っていく。

愛生の腕からするりと飛び降りたペーターが彼らのあとを追い、倒木を伝ってぴょんとハヴェルの馬に飛び乗り、抱かれる。

愛生はじっと草むらにたたずんだまま、二人が森の奥に消える姿を呆然と見送った。

呪い？　真実の愛？

本当におとぎ話のようなことが現実に起きているのか？

よくわからなくなってくる。

けれど、ルドルフが狼の王と関わりがあるのは事実だ。呪いも真実の愛も、彼が一番望んでいることとも関連しているはずだと思う。

（その呪いって何なのですか。俺は奇跡が起きないかぎり、あなたを愛することはないんですか。その奇跡って何ですか？）

わからないことがいっぱいで、頭が混乱してくる。知ったばかりの情報を整理することがなかなかできない。訊きたいこと、知りたいことがたくさんありすぎて。

4　狼の王

呪いというのは何だろう。真実の愛の意味は？

それがわからないまま、愛生は別館にもどった。

そして暖炉の前でタロと寄りそってうとうとしていると、ふいに窓の外から狼の遠吠えが聞こえてきた。

(え……っ)

起きあがり、窓を開けると、月の光を浴びながら、しなやかに湖畔を走っている銀色の狼の姿があった。

「あれは……!」

晩秋のしんと冷えた風が髪をなびかせるのを感じながら、愛生は、我を忘れたように目を見ひらいてその姿を追った。

「あ……っ」

狼の王だ。会えた、ようやく彼に。

愛生の胸が熱く震える。

夜だというのに、澄んだ水の湖の底が透けるように見え、魚影がゆらゆらと揺れるなか、銀色狼が疾走する姿がくっきりと映しだされていた。

凛とした美しさ。勇猛そうで、自信に満ちた森の王さま。

彼が動くたび、湖の水面《みなも》が揺れる。さらさらと銀の砂子《すなこ》を撒《ま》いたような光のしずくを煌めかせながら。

やっと会えた。狼の王さまだ。

声をかけないと。愛生だって伝えないと。あの小さな男の子だよ、一緒にいた子だよ——と伝えないと。

愛生はテラスから外に駆けだし、湖のほとりにむかって走っていった。草むらを踏みわけ、木々の間を抜け、湖畔のひらけた場所に飛びだす。

けれどそこに王さまの姿はなかった。

静まりかえった水辺に、一人たたずんでいる自分の姿が湖面に映っているだけ。

「王さま、どこにいるの、王さまっ！」


愛生ははっとしてベッドで起きあがった。

「――王さま、どこ、愛生だよっ、どこにいるの！」

自分の声で我に返り、身体を起こしてまだ深い夢から覚めていないような面持ちであたりを見まわす。

あ……夢だったのか――。

そこは、別館の寝室のベッドだった。

しっかりと鎧戸が閉まったままの真っ暗な室内。まだブスブスと熾火がくすぶっている暖炉の前では、毛布に包まれてタロがぐっすりと眠っている。

愛生は息をつき、ベッドから降りた。

「タロ……」

額を撫で、タロが心地よさそうに眠っているのを確認しながら、愛生は今見たばかりの夢を思い出した。

この建物の傍らにある湖——その湖畔を狼の王が走っている夢だった。

いつものように昔の映像が断片的に出てくるような夢ではなく、今現在の自分が狼の王を見つけた夢……。

夕刻、ルドルフとハヴェルの会話を聞いたせいだろうか、現在と過去とがごっちゃになったような感覚が抜けきらない。

呪いとか、真実の愛とか……そんなことを言っていた。それから狼によって守られているようなことも。

（ルドルフさまと関わりがあるのだろうか……狼の王さま……）

今さっきまで、彼が窓の外を走っていたような気がしてならない。あまりにも夢が生々しかったせいだろうか、そんな気配を感じるのだ。

（王さま……王さま……）

どうしても確かめたくて、短めのダウンジャケットをはおると、夜には外に出ないという約束も忘れ、愛生はそっと裏口から外に出た。

見あげると、夢と同じように、月がとても綺麗に輝いている。

満月とは違うけれど、見まごうほどの大きさの丸い月が、湖のまわりの黄葉を青く浮かびあがらせていた。

清澄な空気のなか、明るく、透明感のある濃紺色の夜空が、うっそうと木々の生い茂る森のはるかむこうまでを果てしなく覆っている。

夜の森がこんなに鮮麗だなんて知らなかった。

不思議な面持ちで、露に濡れた草むらを踏みわけて、湖にむかって歩いていく。

冷ややかな湖からの風。ふるりと身震いをおぼえた愛生の耳に、水の音が聞こえてきた。

ぴしゃり……という水が跳ねるような音。

「……っ」

湖面に揺らめく影。なにかが動いている。そこに大型の獣がいるらしい。鹿だろうか、それとも狼か熊か、あるいは……。

愛生は息を止め、足を忍ばせて湖畔に出た。水の匂いの交じった湖面からの風に再び身震いをしたそのときだった。

ふっと水際にたたずむ四つ肢の獣のシルエットが目に飛びこんだ。

(あれは……)

濃紺の闇に沈んだようになっている湖のほとりで、金色の月の光が銀色の被毛をあざやかに煌めかせている大型の獣の姿が青白く浮かびあがっている。

近づくと、湖面は月の光をはじいて仄明るい。上空の月と水面に映ってさざ波に揺れている月が、双方から彼のしなやかな姿態を浮かびあがらせていく。

(ああっ、まさか、まさか――)

はっきりと姿を確かめた瞬間、愛生は呼吸も瞬きも忘れて硬直した。鼓動すら止まってしまったかのように。

「王さま……」

そこにいたのは、銀色狼――狼の王さまだった。

幼いときの、幸せであたたかな感覚がすぅっと身体の奥からよみがえってくる。今にも泣きだしそうなほどの衝動とともに。

（王さまだ……俺の大好きな……狼の王さま……）

夢ではない。幻でもない。ようやく会えた。ずっとずっと会いたかった彼に。

喜びと驚きのあまり、愛生は身動きすることもできず、ただふるふると全身を震わせ、両手で口元を押さえることしかできない。

そんな愛生に気づくこともなく、銀色狼はこちらに背をむけて静かに濃紺の湖に入っていった。銀色の毛並みが白金の光を反射して目にもまばゆいほどだった。

（ああ、変わらない。あのころと同じように、月よりも湖よりもあざやかな銀色の毛……）

その姿を見ているうちに少しずつ気持ちが落ち着いていく。

浅瀬にたたずみ、彼がふるりと軽く身震いすると、毛先から落ちた水のしずくが銀砂をまき散らしたように水面へとしたたり落ちていく。

そうだ、声をかけなければ。

あの狼の王に、俺がここにいるよ、愛生だよ、と言わなければ。

そうして息を吸って、前に足を進めた次の瞬間、愛生は、目の前で起きた光景に心臓が止まりそうなほど驚いた。

さっきとは別の驚愕である。目を疑うほどの。

「――……っ」

しんとひらけた湖面から、ひんやりとした風が吹きわたり、はらはらと頭上から黄金色の枯れ葉が花びらのように舞い落ちてくる。

今もまださっきの夢のなかにいるのかと疑ってしまうような、美しい幻想を見たとしか思えないような、そんな光景が愛生の双眸に溶けていく。

そんなことって――――――！

なにが起きたのか、すぐには理解できなかった。

月のまばゆい光のしずくと、それを反射した銀色の被毛の光のあわいのなかで、一瞬、狼の姿が透けたように見えなくなった。

さぁっと吹く風にその姿がさらわれた、と思った刹那《せつな》、水の波紋とともにそこに一人の長身の男の姿が現れた。浅瀬にひざまで浸かり、月の光を受けながら。

愛生は驚いて目をみはった。

「どうして……そんな……」

呆然と、我知らず呟き、愛生は水際に進んでいた。

気配を感じ、男が静かにふりかえる。冷たい湖からの風が男のプラチナブロンドの毛先を揺らし、夜の闇になびかせていく。さっきまでの銀色の毛並みとは違う、なめらかで艶やかな人間の髪。毛先からほんの少し水をしたたらせながら。

こちらをむいた男の深い森の色をした眸と視線が絡む。仄かな月の光を浴びて、浮かびあがる艶麗な裸像。玲瓏《れいろう》とした風貌。

神々しいまでの純美さをたたえたその裸身の男は、昼間、ここで馬に乗って執事と話をしていた男――ルドルフだった。

「どうして……あなたが……」

愛生は叫びたい衝動に駆られた。

なにを叫びたいのかわからない。ただいてもたってもいられない感情が胸の奥で嵐のように吹き荒れていた。

それは狼の王と会えた喜びか、彼との突然の再会への驚きか、あるいは狼の王が目の前で人間に変身してしまったことへのショックか。それともその人間がルドルフだったという現実への衝撃なのか。どう形容していいかまったくわからない激情のようなものが、ただただぐるぐると体内を渦巻いている。

ルドルフはといえば、何の感情もない眼差しのまま、愛生から視線を逸《そ》らして、夜空をふりあおぐ。淡い月の光のシャワーを浴びているかのように。浅瀬にひざまで浸かり、湖面の上を流れていく風を見つめながら。

（……ルドルフさまが……狼の王さま……だった）

ようやくそれを頭で理解したものの、あまりのことに動揺しすぎて、愛生は夢でも見ているかのようにそこにたたずみ続けた。

「……なぜ、約束をやぶった」

ルドルフは愛生に背中をむけ、湖の深みにむかっていった。

「あ……待って……ごめんなさい……俺……」

ルドルフを追って、愛生は靴のまま湖に入った。突き刺すような冷たさ。深夜の湖水が足から全身を凍らせていくようだった。

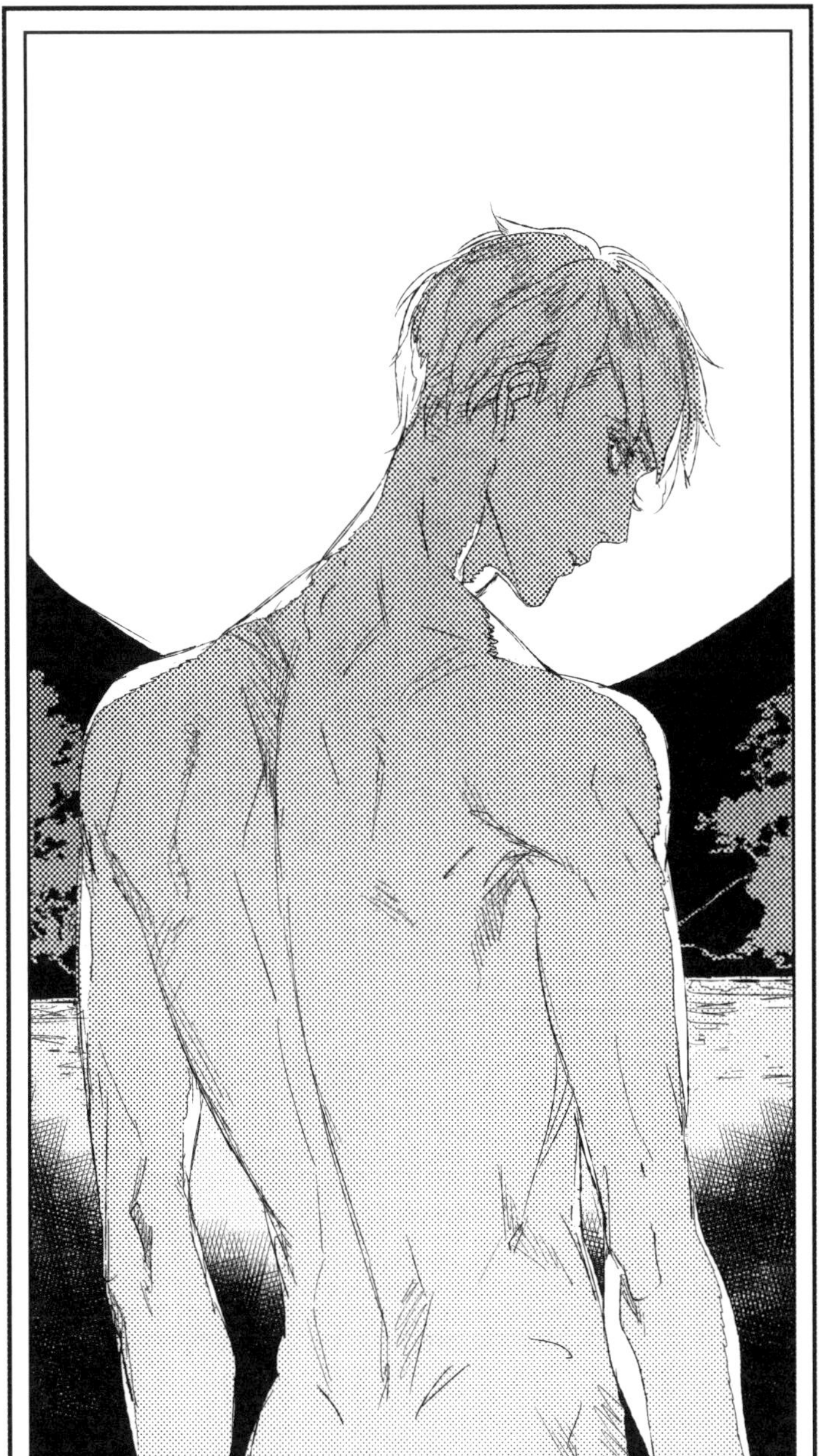

「くるな、凍え死ぬぞ」

腿《もも》の半分くらいの深さまで進むと、ルドルフはふりかえり、愛生に尊大に言った。

風が彼の金色の髪からしたたる雫をさらっていく。眼帯をつけていないので、左目のまぶたの上をざっくりとした傷跡が刻まれているのがわかった。

「ごめんなさい、俺……湖に狼の王さまがいる夢を見て……だから」

驚きを凌駕《りょうが》するように、徐々にこみあげてくる愛しさ、なつかしさに、胸が少しずつ熱くなっていく。

「夢だと？」

ルドルフが目を眇める。

「ええ、だからここにくれば狼の王さまがいる気がして。だけどまさか……あなたが……狼の王さまだったなんて」

ずっと会いたかった王さま。幼いとき、一緒に暮らしていた狼。まさかまさか、ルドルフがそうだったなんて。

「――――驚かないのか」

問いかけられ、愛生は口ごもりかけたが、すぐに答えた。

「驚いてます。でも…」

本当はとても混乱していた。

どちらかというと、自分はリアリストだと思う。幽霊もヴァンパイアも信じていない。ましてや狼男がこの世にいるなんて考えたこともなかった。

それなのに、このボヘミアの森のせいか、ルドルフのミステリアスな美貌のせいか、彼が狼だということがとても自然に受けとめられるのだ。

「怖いとは思いません。あなたがいろんな理由をつけて外に出るなとおっしゃった意味や、よそ者を拒まれている理由がそれなら、素直にそういうものだと受け入れられます。だからこちらに」

ルドルフにむかって手を差しだし、愛生は説得するように言った。

「私が狼だったとしてもか？」

「だってそれが現実だから……それにそれに……」

高ぶる心をおさえきれず、愛生は水をかきわけながらルドルフの前へと進んだ。そしてその腕をつかみ、大きく身体を揺らした。

「何で言ってくれないんだよ、王さまだったら王さまだって……知らないって、俺のことなんて記憶にないって言って……何で……何で」

言っている間に、眸が涙でぐしゃぐしゃになっていく。ずっと会いたかった、ずっとずっと会いたくて会いたくて仕方なかった相手。

どうりで、なにもかもがなつかしいはずだ。

プラハの街もこの国も、この森も、なにかずっと既視感のようなものを感じていた。その理由がようやくわかった。

「言えると思うのか、いきなり私が狼の王だなんて……十年ぶりに会うおまえに……」

忌々しそうに告げられる意味がわからない。

「どうして。どうしてだよ、どうして言わないんだよ。それどころか、俺のこと、嫌いだって言ったり、虫酸が走るって言ったり」

「それは真実だ。おまえほどウザい人間はいない。昔も今も」

ルドルフは吐き捨てるように言った。

「だったら、何でかわいがってくれたんだよ。とっても大切にしてくれたこと、今も忘れられないのに。あんなに幸せだったことないのに。一緒に眠ったことも、森を駆け抜けたことも」

その腕をつかみ、訴えかける愛生に、ルドルフはいぶかしげに眉を寄せた。

「何で……おまえはそれをおぼえてるんだ」

「何でって……どうして」

「忘れさせたはずなのに。記憶から消したはずなのに」

「え……」

愛生は大きく目をみはった。

「どうして……」

「そうでもしないと人間社会で生きていけないだろう」

「だからって、どうして。俺は……あなたとの生活が支えになっていたのに」

「だが私は、おまえの記憶から消えたかった」

「そんな……」

激しくルドルフを責める愛生の声が湖面に反響する。ルドルフは眉間に深いしわを刻み、とても苦しげに、なにか大切なことを訴えるような眼差しで愛生を見た。

「わからないのか……その意味が」

「え……」

わからないのかって……どうしてそんなふうに言われるのかがわからず、目を見ひらいたその瞬間、ふいにあごをひきあげられ、ルドルフの顔が近づいてきた。

「あ……っ」

唇が重なる。大切なものを求めるように、ルドルフが唇をふさいできた。

「ル……さ……ま……っ」

ついばむように、皮膚《ひふ》を触れあわせるだけのくちづけ。唇に伝わってくるルドルフの体温。

ふわりと二人の間を駆け抜けていく葡萄の香り。

なつかしくも切ない香りに胸が痛くなってきた。

いつも狼の王の城に漂っていた噎《む》せるような葡萄の、いや、ワインの匂いだ。それがどうしようもなく胸を締めつけ、目頭が熱くなってきた。

「ん……っ……ん……っ」

狼の王さま……。トクン……と鼓動が跳ねあがる。

このひとが好きだ。水に浸かったままの足元の冷たさも忘れるほど、このくちづけを嬉しいと思ってしまうほど。

しかし愛生が冷たさに身震いしたとたん、ルドルフははっとしたように唇を放した。

「あ……」

「すまない」

やるせなさそうなその声に、愛生は小首をかしげた。

「どうして謝るんですか」

「……説明したいことは……あふれそうなほどあるが……少し私をひとりにしてくれ。おまえは早く部屋にもどって。すぐに身体をあたためろ。私は森にもどる」

ルドルフは愛生を連れて湖からあがり、ひとりで森の奥にむかおうとした。愛生はとっさにその腕をつかんだ。

「待って、どうして森に」

「身体を狼にもどすためだ。このままの姿だと……おまえになにをするかわからない。早くその手を放せ」

ふりむいたルドルフへ怪訝な声で問う。

「なにをって……」

「今の私は……欲情がセーブできない。月が近い夜は、身体のなかの獣の血が濃くなる。このまま一緒にいると、おまえを犯してしまいかねない……ということだ」

「獣の血って……狼王の血ですか」

「そうだ」

そのとき、昼間、ハヴェルとルドルフが話していた会話を思い出した。

『愛生さんがルドルフさまを本気で愛してくれるなら、彼があなたへの愛のために生きてくれるなら……もしかすると、それこそがあなたさまにとって、最も幸福な道ではないかと』

あの言葉、それに呪いと言っていた。真実の愛があれば呪いが解けると。

呪い。おとぎ話でよく出てくる呪い。

『美女と野獣』も『白鳥の湖』も、悪い魔女や悪魔に呪いをかけられ、野獣や白鳥に姿を変えられた王子や王女が出てきた。

彼らは、真実の愛の力によって人間にもどっていった。もしかすると、ルドルフもなにかの呪いによって狼に姿を変えられているのだとしたら……。

「ルドルフさま……あなたを愛しては……いけませんか?」

愛生の言葉に、ルドルフの眸が驚きに見ひらかれる。

「何だと……」

「真実の愛があれば、呪いが解けるんですよね」

そうだ、確かハヴェルとそんな話をしていた。もし、このひとを愛することができて、それで彼の呪いが解けるのなら。

「なぜ、そんなことを……」

ルドルフが眉をひそめる。

「すみません、昼間、あなたとハヴェルの話を聞いてしまいました」

愛生の言葉に、ルドルフは深々と眉間にしわを刻んだ。そして不機嫌な声で尋ねてきた。

「……その意味がわかっているのか」

「わかっています。だからあなたを愛したいんです」

なにか少しでも役に立てるなら。べつに、愛されなくても、自分はこのひとを呪いから解き放ちたいから。

「困ったことを」

「ルドルフさま……俺の一方的な想いでいいんです。だから……」

愛生はルドルフの腕をつかんだまま、まっすぐその顔を見あげた。

「……あなたを愛したいんです」

「愛したい……だと？」

困惑したような顔でルドルフが見おろしてくる。

「私に犯されてもいいと言ってるのか」

「はい」

心臓が爆発しそうだった。なにを言っているのだろうと自嘲《じちょう》する声が心のなかに響く。けれど、このひとがそのことに苦しんでいるのなら。

「本気で言ってるんだな？」

念押しするように問われ、愛生は「ええ」とうなずいた。

「冗談でこんなことを口にしません」

「本当に犯すぞ」

「どうぞ、あなたの望むままに」

愛生は目を細めて、ルドルフにほほえみかけた。自分の顔を大きな月がくっきり照らしていることを感じながら。

「だから教えてください、あなたの呪いについて。月夜に狼になるだけですか？　それが呪いですか？」

ルドルフはかぶりを振った。

「いや……もっと奥が深いものだ」

「奥って」

「月が出ている間、私の身は狼になる。月が満ちれば満ちるほど、獣の血が濃くなり、長時間、身体が狼の状態となってしまう。水に浸かって身体を冷やすと、今のように少しの間、人間にもどることもある。だが人間にもどると、身体が繁殖行為を欲して抑制できなくなってしまう。だからおまえには外に出てくるなと言っておいたのに」

「え……」

愛生の肩をつかみ、ルドルフがぐいっと力をこめてくる。

「おまえと繁殖したい……そんな衝動が身体を嘖《さいな》む。おまえとでは子供などできないのに」

きりきりと肩に食いこむルドルフの指。愛生はじっとその顔を見あげた。

「俺と……繁殖って……なにを」

「生殖行為、つまり交尾だ。呪いのすべてではないが……これも呪いのひとつだ。……ダメだ、止められない……」

「ルドルフさま……」

「話をしなければいけないことも、おまえに愛されたくないわけも、嫌いになりたい理由も……忘れられたかったわけも……今の私は説明するだけの余裕がない。一刻も早くおまえを貪《むさぼ》りたくてどうにかなりそうだ」

ルドルフがそう言って顔を近づけてきたとき、彼の手にステッキがないことに気づいた。

「あの……足は……」

「呪いのせいか、身体が獣となっているときと、獣の血が濃く出ているとき——つまり満月前後の一週間は……どういうわけか、夜の間、ステッキが必要ない」

「それも呪いなのですか？」

「おそらく」

「呪いって……どうし……っ」

どうして呪いをかけられるようなことになったのですか——と問いかけようしたそのとき、濡れた靴の裏が枯れ葉にとられた。

「あっ……」

ずるり、と踵が滑って、湖に落ちそうになったが、愛生の腹部を長い腕が抱きこむ。

ふわりとあたたかな吐息がうなじを撫でていく。そのぬくもりに総毛立ちそうになったそのとき、湖面に映った彼の影を見て愛生は目をみはった。

「……っ」

人間ではない。狼の王のまま。

（……銀色の狼……ああ、大好きな王さまがここにいる）

ふりあおぐと、目を細め、ルドルフが顔を近づけてきた。

前髪の間から、ルドルフの片方だけの眸がやるせなさそうに愛生を見下ろす。

何だろう、胸が苦しい。妖《あや》しく騒がしく、それでいて切ない。

「忘れろ、これは夢だと思って」

唇が重ねられていく。あたたかい肌。甘酸っぱい感覚がぱぁっと胸に広がる。寒さのせいでも緊張のせいでもなく、妖しい熱が身体の奥に溜まり始め、息が震えた。

ルドルフの唇が首筋に移動し、彼の指が衣服越しにぷつりと乳首をつぶし、愛生は身体をこわばらせた。

「や……ルド………っ」

「犯していいと言ったのはおまえだ」

「はい、でも……あの……少し……待って……どうしてこんなことを」

「呪いだ。一族全員に他にももっとおそろしい呪いがかかっている……」

「呪われて……狼になったのですか」

「ああ、全員が狼になった。人間にもどれるのは私だけだ」

「そんな……」

そういう昔話やおとぎ話は、施設にいたときによく子供たちに読んで聞かせた。

狼男や獣人の伝説、それに悪魔に呪いをかけられた物語……。

「昔、我が一族に銀狼が呪いをかけた。そのとき、私はこの左目を失い、夜空に月が昇っている間、私自身が銀狼になってしまう生き物になってしまった」

「呪い？　でも今は人間に……」

「繁殖行為……要するに、性的情動を感じたときだけ人間にもどれる。こんなふうに……」

「え……」

ふっとルドルフが耳元でささやいた。

「おまえとしている間は……獣にもどらなくて済む」

「それって……どういう……」

「それが呪いだ。身体が繁殖したいと望んだ相手と生殖行為をすれば、私は人間のままでいられる。ただし次の新月になるまで、毎晩欠かさずしなければ……」

毎晩欠かさず……という言葉に頭のどこかで驚きながらも、彼の身体が自分相手にそうした行為をしたがっているという事実に愛生は淡い喜びを感じた。

このひとの身体が自分との行為を求めている。望んでいる。

「俺とすれば人間のままでいられるの？」

「ああ」

「そうなったら狼と人間との間を行ったり来たりしなくてもいいの？」

「呪いが解けなくても、人間のままでいられる」

「だけど真実の愛があれば呪いが解けるんじゃないの？　俺があなたを愛せば……」

「そういう単純なものではない。それに……私は……べつにおまえの真実の愛が欲しいとは思っていない」

つまり愛生を愛してはいないということか。身体は愛生との性行為を求めていても、心は愛していないという。

「あなたが望まないと解けないのですか？」

「完全には」

「俺の……片方だけの愛ではダメなの？」

「おまえの愛だけだと……少なくとも、半分だけ呪いを解くことはできる。繁殖行為をしている間は人間としていられるからな。人里離れた場所で人目を忍んで暮らさなくてもいいかもしれない」

片方だけの愛。不完全ではあっても、少しでも彼の役に立つのなら。

「それなら……いくらでも俺を犯してください。その間、俺はあなたを愛します。俺からだけでもいいから」

「愛生……」

「あなたの呪いを少しでも解けるなら。もちろん完璧に解きたいですけど」

「……月の半分以上、毎晩することになるんだぞ」

「かまいません」

愛生は笑顔で言った。

「俺は……あなたの役に立ちたいから」

「役に？」

「何でもします。俺……を役に立ててください」

「後悔はないな」

「ええ、俺にとってこんな嬉しいことはありませんから」

「……」

「愛のために生きるのが俺の人生だから」

ルドルフが狼の王さまだった事実。そして彼に呪いがかけられていること。そのことにどれほど驚いたか。けれど同時に、確信が持てた。自分はこのひとが好きだ。愛したいのではなく、もうとっくに、最初から好きだった気がする。

「……知らないぞ、私を憎むことになっても」

つた。


「え……」

「いや、何でもない」

小首をかしげた愛生に顔を近づけてくる。そのとき、彼の口から出た呟きに心臓が止まりそうにな

った。

「……ミルイチェ」

愛生はぴくりと身体をこわばらせた。

誰の名前だろう……それは。疑問を感じて目を細めたそのとき、ふいにあごを掴まれ、ゆらりと黒い影が顔にかかった。

「……ん……っ」

強く押し当てられた唇の触感。さっきとはまったく違うキスだった。唇を割って入りこんできた舌に、根元から舌を搦《から》め捕《と》られる。

性急で、荒々しく、しかしひどく狂おしそうなくちづけ。

「ん……っん……ん……っ……ん」

唇から立ちのぼってくる葡萄の香り。それがどうしようもなく愛生の胸を締めつけていく。

このひとが好きだ。

子供のとき、狼の王のことを父のようにも、兄のようにも慕っていた。今もこのひとが狼の王だと思うと、同じような感情が湧《わ》いてくるのだが、その前に、このひとの正体を知らないまま『ルドルフ』という一人の人間として惹かれていた。

愛生からの愛情が必要だと、ハヴェルと二人で話していたのを耳にしてから、それを幸せに感じる

自分がいた。そのときからきっと……。

「ん……っ……んん」

愛生はその背に腕をまわし、唇をゆだねたまま、まぶたを閉じた。

（だからよかった……このひとが狼の王さまで）

愛生はその背に手をまわした。

「……ミルイチェ」

再び切なそうな声の響き。誰？

一緒に事故に遭った人？

訊きたいことがたくさんあった。けれどそれよりも、彼から情熱的なくちづけをされている事実が愛生の胸を切なくさせた。

自分はこんなにもこのひとのことが好きだったのだと確信して。

誰かの身代わりなのか。それとも獣として情欲を貪ろうとしているのかわからない。

けれどそれでもいいから、愛されているような実感を得て幸せな気持ちになっている。

浅ましくて、恥ずかしいそんな気持ちは知られたくないけど。

ふっと胸のあたりに熱いものが溜まり始める。

「ん……んっ……んん……」

強く根元から舌を巻きとられ、小さな湿った音がふたりの唇の間をはじけていく。少しずつ意識が薄れ、頭にぼぅっと霞がかかっていくようだ。

そうしてくちづけしている二人の姿が湖面に映っている。

ルドルフの姿は狼ではなく、人間になっている。

(呪い……本当に解けるだろうか。少しでもこの人への呪いが解けたら……)

祈るような気持ちでくちづけを交わしていく。

やがて彼の唇が離れ、愛生はぼんやりと余韻にさまようような表情で唇に残る熱を感じていた。

「今夜はこのままおまえを抱く」

愛生を抱きあげ、ルドルフは別館の脇にある湖畔のボート小屋に入っていった。そして性急に愛生の身体を床に押し倒した。

ダウンジャケットのファスナーをおろされ、指先がすっとシャツ越しに愛生の胸に触れてくる。

つぷりと指の腹で乳首を転がされたとたん、背筋に走る痺《しび》れに愛生は全身をひくんと震わせた。

「ん……っ」

甘い疼《うず》きが広がるにつれ、ぷっくりとそこが膨《ふく》らむ。弄られただけで、熟れたように。

何でこんなふうになるのかわからない。ただルドルフの手に荒々しく左右の胸をシャツごと揉《も》みしだかれていくうちに、愛生の肌がしっとりと汗ばんでくる。

彼の手が熱っぽいせいだ。ひどく熱い。

それに驚くことばかりで、果てしなく混乱しているせいか、肌が異様なほど敏感になっているようだ。

「ここが好きなのか?」

ツンと指先でつつかれ、つられたように見れば、白いシャツに桜色の乳首が淡く透けていた。窓から差しこんでくる月の光が生々しくそれを照らしていて、かっとほおが熱くなる。

「わかりません……」

そう言いながらも、指先で乳首をはじかれるたび、皮膚の奥がじくじく痛み、身体のすみずみまで張り詰めたような感覚にとらわれていく。

「んふ……っ……ふ……あぁ……」

どうしよう、こんな感じ……初めてだ。何で……こんなことに。

刺激を与えられるたび、胸の粒から広がっていく妖しげな疼きに怖くなる。

なのにそれが、どういうわけか下肢のあたりにまで伝達されると、足の間がおかしなことになってしまう。

ズボンのなか、愛生の性器が少しずつ形を変え、下着の布が濡れ始めているのがわかる。それが恥ずかしい。

ルドルフの指先がつぅっと転がすように乳首を嬲《なぶ》ると、触れられてもいないのにとろりと性器の先端から熱い蜜が漏れてしまうのはどうしてだろう。

たまらなくなって、愛生はとっさにひざをすりよせた。

「あ……あっ……どうして……こんな……」

変な吐息、奇妙な声が漏れてしまう。

そんな愛生の様子を楽しむように口元に淡い笑みを刻み、ルドルフが首筋に顔を近づけてくる。クンクンとタロがしてくるときのように皮膚の匂いを確かめ、熱い息を吐きながらささやく。

「すっかり大人になって。おまえから淫《みだ》らな匂いがして……困る」

「え……」

「昔は、ただのミルクくさい子供だったのに。ここだって、私が舌で綺麗にしてやっていたときは愛らしい果実のようだったのに……今では発情して……こんなにさせて……」

ルドルフの手がファスナーを下げ、ズボンのなかに入りこんでくる。

「ひっ……！」

手のひらでぎゅっと性器をにぎられ、愛生はぴくりと全身を震わせた。

「いやらしい蜜でぬるぬるしているじゃないか。ぐっしょりと濡らして……昔はお漏らしもしたことがないお利口な子供だったのに」

ふっと揶揄するようなルドルフのあたたかな息が首筋を撫で、羞恥《しゅうち》にほおが熱くなる。

「……それは……だって……俺だって……」

「俺だって？」

「……もう二十歳を過ぎて……大人になったから」

「大人になったから……こんないやらしい変化をするようになったのか？」

囁くような声で聞きかえし、ルドルフが指の先で先端をぐりぐりといじってくる。その異様な体感に腰がくだけそうになっていく。

それなのに、今度は少しねじりこむようなやり方でさらに指を食いこませてきてじゅくじゅくの蜜があふれ、快感に耐えきれずいっそう激しく腰が悶《もだ》える。

「あ……ああ……っ」

さっきよりも強い痺れ。愛生の細い身体がぴくぴくと痙攣する。強烈な悦楽に腰から一気に背中を駆けのぼり、愛生はとっさにルドルフの肩に爪を立てた。

「感じているのか？」

「だって……」

「そうだな、大人になったのだったな。もうおまえからミルクの匂いはしない……はしたないほど発情させて……」

クンとまた匂いを味わうように首の付け根のあたりで息を吸いこむルドルフ。そのささいな息づかいと濡れた髪の冷たさに肌が総毛立ちそうになる。

「ごめん……なさい……。はしたなくて……俺……」

「そのほうがずっといい。金目当てに身体を疼かせて近づいてくる者よりもずっと」

「そんな人たちとも……こんなふうに？」

「いや、どうも私の身体は繊細にできていて、そういう相手にはまったく発情しないようになっているらしい」

「じゃあ……俺のことは……」

愛生はまっすぐルドルフを見あげた。

「バカなことをいちいち訊くな」

ルドルフはぎゅっと強く根元をにぎりしめてくる。

「あうっ！」

たまらず愛生は身体をのけぞらせた。そんな愛生をさらに追い詰めるかのように、ルドルフは手の力をさらに加え、指先で先端をぐぃっと押しつぶしてきた。こちらを戒めるかのように。そこからたちまち猛烈な快楽が駆けのぼり、愛生はこらえきれずに声をあげた。

「ああ……ああ……ああっ、やだっ、ああっ！」

このひと……意地悪だ。鬼畜だ。見あげると、これまでに見たことがないほど恍惚とした表情をしている。

「いい声だ、声変わりもしてなかった子供だったのに、そんな淫らな声をあげて、私を誘ってくるようになるとは」

やわやわと、少しずつ激しく緩急を加えながらしごかれていくうちに腰が蕩けたようになり、どうにかなってしまいそうだ。

「……んっ……んん……っ……ああっ、ああっ、ああ——っ！」

シンとした石造りの小屋に反響していく声。身体がどんどん疾走していく。

すぐに射精したい。けれどルドルフの手に吐きだすことなんてできない。

怖い。恥ずかしい。だからといって、やめられるのはもっと怖い。

「お願い……ルドルフさ……あああっ、あ、あっ」

このまま自分が別の生き物になってしまいそうで怖い。身体が訳のわからないことになっていく。うずうずとしたむず痒《がゆ》さ。そこから広がる異様な体感。自分が自分でなくなってしまいそうになっていくのを止められない。怖いのに、一気に追いつめられたいと思ってしまう。もっともっとのぼりつめたい。そんな自分がよくわからない。

今にも射精しそうになったとき、ふいにルドルフは動きを止め、愛生の下着ごとズボンをひきはがした。さっと下肢に冷気が触れ、ぐっしょりと性器のあたりから腿までもが濡れているのがわかる。

おむつをされるときのように横たわったまま、両足を大きく広げられている自分。その間からルドルフがこちらを見おろしていた。

「ここは……これまでに誰かと使ったことは？」

後ろにぐぅっとルドルフの指が挿《はい》りこんできた。

「ひ……っ」

そのあまりの感覚に愛生は裏返ったような変な声をあげた。

愛生の性器のぬめりを借り、ぐぅっと内部に侵入してくる指。頭が混乱しているこちらとは対照的に、冷静に触診するように体内突き進んできたものの感触に、愛生は全身をこわばらせた。

「んっ、あぁ……な……ない」

ふっとルドルフが嘲笑《ちようしよう》する。

「初めてか。確かに狭いな。だが、もう子供の身体じゃないな」

ぐいっと指で広げられ、鋭い痛みに、目に涙が浮かぶ。愛生はたまらず床に爪を立てた。

「あ……や……あぁっ」

身体の内部でルドルフの指がうごめいている。粘膜が熟《う》れているかどうか、その感触を確かめるように捏《こ》ねられ、思わず身体に力が入ってしまう。

「痛い、締めつけるな」

「でも……」

「私にまかせろ。おまえはもっと楽にして」

そんなふうに言われても、どうすれば楽になるのかわからない。だいいち、そんなところを嬲られ、楽になんてできない。どうやったら緊張を止められるのか。

「あ……ああ……っんっ、ふっ、あぁっ、ああ」

動かされるたび、奇妙な声が出そうになる。

それを押し殺すだけで精一杯で、つい全身を力ませてしまう。そのせいで皮肉にも内部の指を強く締めつけ、骨張った関節でいっそう荒々しく粘膜を抉《えぐ》られる。

「ううっ、う……ん……」

力が入って、腹筋や腰の皮膚にふるふるとさざ波が立っていく。

何だろう、前に触れられているときとは別の疼きが広がる。熱い。それにとてもうずうずとして、触れられた場所がむず痒い。そのせいか愛生の性器はさらに硬度を増し、とろとろの雫で濡れそぼっている。

信じられない自分の変化、それに声。快楽と痛みと混乱で頭が真っ白になっていたが、心のどこかで、それでもこの人の役に立てるのならそれでいい、嬉しいと思ってしまう自分がいる。

やがてルドルフが指を引き抜き、愛生の腰を高くもちあげた。

「……」

背中をかかえあげられ、下肢の間に腰が押しつけられた。その熱く猛《たけ》った感触に愛生の身体は知らず震えた。

「力を抜け、いいな」

うん、とうなずいた瞬間、ルドルフが一気に腰を突きあげてきた。押しこめられていく肉杭。

「んん……ああ……っ！」

狭い入り口を硬い切っ先が容赦なく引き裂き、愛生は床の上で大きく身体を仰《の》け反《ぞ》らせた。

「……くっ！」

狭苦しい愛生の器官が突然の凶器の侵入を拒み、肉塊をはじきかえそうと強く抵抗するが、かまわずルドルフは乱暴に奥を抉ってきた。

「ん……っん……くうっ」

ルドルフの猛りが愛生の奥へと挿ってくる。さらに愛生の腿を高く抱え、彼が腰をねじこんできた。

「あ……ぁっ……あ……っ！」

無理やり体内を掘られ、大きな空洞を作られていくようだ。

「ん……っ……ルドルフさ…………や……っ」

ルドルフが腰を動かし、身体が大きく揺さぶられていく。

下肢は痺れ、四肢がばらばらに裂けるような鋭い痛みに、意識が遠ざかりそうになる。

だからといって……イヤなわけではなかった。

「ん……っんっ」

むしろ至福を感じていた。

狼の王さま、大好きだった幸せな時間をくれたひと。その相手と再会できたこと、それがルドルフであったことに。

「ルドルフさ……」

痛みよりも愛しさが募《つの》り、背に腕をまわす。すると重なった互いの胸と胸の間にほんのりと熱がこもり、身体の奥がふわりとゆるむのがわかった。痛みを超えた疼き。うずうずとした快感が芽生えはじめる。

「ん……ふ……っ……狼の王さま……あなたは俺が……本当は嫌いじゃないですよね」

ルドルフは返事をしない。

一瞬、腰の動きを止めたが、また激しく打ちつけてきた。

下肢がじんじんと痺れ、どうしようもない激痛を感じてはいるけれど、それだけではない感覚が愛生の全身に熱く広がる。

たとえ愛のない形でも、呪いを解くためでも……かつての命の恩人を今度は自分が助けようとしている。そのことに喜びを感じているせいか、いつしか快感にひきずりこまれそうになっている。

ルドルフの性器に押し広げられ、激しい圧迫感に息もできない。

けれど心地よくて、どうにかなりそうだ。

「ああ、あ……あっ、あっ、あぁっ、あっ！」

小さな呻《うめ》きが漏れてしまう。硬い肉棒にぐいぐいと突きあげられる甘い苦痛にいつしか腿が痙攣《けいれん》し、全身が汗ばんできた。

「……しなやかな身体だ……美しい」

愛生の腰に腕をまわし、ルドルフが腰を打ちつけてくる。抜き差しのたび、愛生の性器からも淫らな粘り気のある雫があふれて恥ずかしい。

彼の腰の動きが加速し、熱っぽい快楽の嵐が愛生の意識を蕩かしていく。

「ルドルフ…………っ…」

かすれた甘えるような声で彼の名を呼んでその背にしがみつく。

ルドルフがこすりあげていく粘膜が燃えるように熱い。抜き差しをくりかえされるたび、つながった部分の皮膚が火傷したように痺れていく。

「ん……あっ……あ、あぁ…」

好き、だから嬉しい。

「愛生……」

耳元で名前をささやかれ、それだけで身体がもっともっと熱くなっていくようだ。

「ああ……んぅ……っあぁ…好……もう、あぁぁ……っ」

このひとが大好きだ。こんなふうにできて嬉しい。こうやって抱きあい、内側にそのぬくもりを感じているだけで心も身体も果てしなく満たされていく。

うすく目をひらくと、小窓のむこうで月がまばゆく煌めいていた。

美しい月……どうかルドルフさまの呪いを解いてください。

そしてこのひとを幸せに……。

そんな祈るような気持ちで、愛生はルドルフにしがみつき続けた。


窓から入ってきたひんやりとした風がほおを撫でていく。

愛生はうっすらと目を覚ました。

ルドルフが愛生の身体に欲望を吐きだしたあと、しばらく意識を失っていたらしい。

「ん……」

少し身じろいだだけで、まだ体内がじわっと熱くなる。

さほど時間が経っていないのか、吐きだされたものが残っていて、こすりあげられた箇所に痛みや熱が滞っていた。

あのあと、ルドルフは愛生を抱いて別館に移動し、もう一度、身体を求めてきた。

立て続けにくりかえしたルドルフとの激しい行為の余韻なのか、肌のそこかしこがひりひりとする。でもそれすらも愛生には心地よかった。ルドルフがつけたものだと思うと。

「……ルドルフさま」

どこにいるのだろう。

少し身体を起こし、戸口を見ると、そこには銀色狼がいた。

彼の身体が狼にもどっている。

狼の王。なつかしい相手。けれど慕わしさがこみあげるよりも、先に切なさが愛生の胸に広がっていった。

（呪い……これが）

まだ空に月があるせいなのか、外が暗いせいなのか。愛生が目覚めたことに気づき、狼が小屋から出ていこうとしている。

「待ってください」

狼がぴたりと動きを止める。

「動かないで、そのままそこに」

愛生は床に手をつき、這いずるようにして前に進んだ。

腰のあたりに亀裂が走ったような痛みがあったが、気にはならなかった。それよりも彼を抱きしめたい衝動が押しよせ、愛生は後ろから狼の王にぎゅっとしがみついた。

「……っ」

狼の王がかすかに身体を震わせる。その毛をたぐりよせるようにして、愛生はさらに強く彼を抱きしめた。

「王さま……」

優しくてやわらかな毛。ああ、子供のときと同じだ。変わらない。タロとよく似た毛。愛生はその背に顔をうずめ、ほおをすりよせた。

「大好き、狼の王さま、大好きだよ」

昔、口にしていたように、彼に声をかける。

あいかわらず彼は愛生よりもずっと大きいのだけれど子供のときに感じていたような、頼もしいほどの大きさはない。

そう感じるのは自分が大きくなったせいだというのはわかっていたが、どういうわけか狼の王さまが小さくなってしまった気がして胸の奥が痛んだ。

「王さま……王さま……」

ずっと会いたかった狼の王さま。このひとが本当にただの狼の王さまだったらどれほどこの再会が嬉しかっただろう。

けれど……今は、ここに狼の王さまがいることが哀しい。彼の呪いが解けていないこと、彼が人間の姿でないことが。

「俺ではダメなのですか。あなたの呪いは解けないのですか」

あんなにも激しくセックスしたのに、身体をつないだのに、愛をこめたつもりでいたのに、それなのに狼の姿のまま。

「どうして……」

愛生の涙がぽとぽとと落ち、銀色の被毛に染みこんでいったそのとき、ふいに腕のなかの狼が消えてしまった。腕に心もとなさを感じたそのとき、彼の身体が変化していった。

目の前にルドルフが現れたかと思うと、そのまま愛生の身体を抱きよせた。

「……人間にもどれたの？」

愛生の問いかけに、ルドルフはやるせなそうに微笑した。

「おまえを抱いているときは人間のままでいられたが、それ以外の時間は……狼になったり人間になったり……どうも安定していない状態になっているらしい」

自嘲気味にルドルフが告げる。

「安定していないって」

ルドルフはくしゃりと愛生を撫でたあと、壁にかかっていたガウンをはおってテラスに出た。

「まあ、いい、私は狼でいるのも嫌いではないからな」

「そんな……」

「長い間、くりかえしていることだ、慣れている。それに夜の月が見えない時間帯は、ずっと人間でいられるのだ、それだけでいい。今夜もあと少しで月が沈む。もう狼にもどることはないだろう」

ルドルフはテラスの手すりにもたれかかり、湖のむこうの森に視線をむけた。ちょうど西の森の彼方に月が消えようとしているところだった。

「お願いです、なら、明日も俺を抱いて」

彼の隣に立ち、愛生はルドルフを見あげて言った。

「明日も？　痛まないのか」

「俺は大丈夫です。あなたの呪いを解きたいんです。だから新月までの間、毎晩、俺を……あなたを愛しますから」

痛みなどどうでもいい。多分、こうした痛みは慣れるはずだし、それよりも一番痛いのは胸のほうだから。

「……そういうのは愛とはいわない。同情だ」

あきれたようにルドルフが鼻先で嗤う。

「同情？」

「おまえは私を哀れんでいるだけだ。かつて一緒に過ごした時間をなつかしみ、幸せに思って、そのときのことに恩を感じているだけだ。決して心から私を愛しているわけではない。だから呪いは解けない」

「……っ」

心から愛しているわけではない？　好きなのに。ルドルフのことがすごく好きなのに。それでもこれは真実の愛ではないなんて。

「それでいい。気にしない。愛などいらない」

「でも」

「私はおまえを愛していないし、心の底からおまえに助けてもらいたいとも思っていない」

はっきりと告げられ、愛生は唇を震わせた。

「私が愛したいと思っている相手は、未来の花嫁だけだ。私の呪いを解くのはおまえではない、花嫁であって欲しい。私の子供を産み、一族を繁栄に導いてくれる相手。同性のおまえでは、繁殖相手にはならない。侯爵家が滅びてしまうではないか」

突き放すようなその言葉。正論すぎて反論できない。彼の言葉の正しさが胸を貫くような気がして、愛生は押しだまることしかできなかった。

「だがそれでも、少しでも私を助けたいと思うのなら、花嫁をさがすまででいい、私の褥《しとね》の相手をつとめろ」

「え……」

「一方的な感情でもいい、毎晩犯してと言ったのはおまえだ」

確かに片恋でもいい、一方的な愛でいいとは言った。犯してもいいと言った。

けれど他の人間を愛するから、それまで——という言い方をすることはないのに。ずいぶん残酷なことを口にする、このひとは。

顔の筋肉がこわばり、無意識のうちに愛生は泣きそうな顔をしていた。それに気づき、ルドルフが苦い笑みを漏らす。

「いやならいやでいい。べつに無理強《じ》いはしない。不愉快になって当然だ。そもそも私は、狼になることなど何とも思っていないし、おまえを抱かなくても、夜空から月が消えるのを待っていればそれで済む話だ」

愛生はどう答えていいかわからなかった。あいかわらず押しだまっている愛生に、あきらめたような顔でルドルフが口元に笑みを刻む。

その笑みを見て、愛生はハッとした。

このひとはたまにこうした表情を見せる。幸せや喜びの笑みではなく、あきらめたような、すべてを捨てているような。

昼間、ハヴェルと話していたときもそうだった。

愛生がケーキを食べているときの、仄かに楽しそうにしていた笑みとは違う。

そうだ、このひとは心の底から、愛生などどうでもいいなんて思っているわけではない。そんなことを望んでいるのではない。

(この人の言葉……今までもずっとそうだったじゃないか。いつもいつも本音とは違っている。なにかとても隠したいことがあって、それを知られたくなくて……だから……)

今もそうだ。このひとはハヴェルと話していたとき、愛生の「愛」が得られれば一番望んでいるものが手に入る、幸福になれると言っていた。

このひとは、花嫁をさがすよりもそのほうが幸せだと口にしていたではないか。

幸せ、ルドルフの幸せ、一番の望み――それが何なのかはわからない。けれど、自分が彼を愛したらそれが成就できると言っていたのは事実だ。

(だとしたら、呪いが解けないのも、このひとを幸せにできないのも、まだ俺の愛が足りないから。そうだ、そのせいだ。それなら、もっともっとこの人を愛さないと)

愛生はにこやかにルドルフにほほえみかけた。

「わかりました。気にしません。だからきてください……月夜には、必ず俺の褥に」

すべてを受け入れよう。このひとがしたいようにするのを自分の喜びと思おう。無償の愛情、包みこむような愛を捧げることができたら、呪いが解けるかもしれないから。

愛生はルドルフの手をとった。

「愛生……」

「花嫁をさがしたいのならさがしてください。あなたに本当に愛する人ができたら、俺はあなたを心から応援します。祝福します、笑顔で結婚式を見届けて、タロと一緒にここから出ていきます。だからそれまででいいから、俺のところにきてください」

このひとが本心を口にしないのなら、自分もしない。このひとが望む言葉を伝える。そうしなければ、多分、このひと自身になにか耐えられないものがあると思うから。

「なにを考えているんだ、おまえは……」

「それでいいんです。俺だけがあなたを好きで、それでいいんです。だから花嫁が見つかるまで、褥のお相手をします」

迷いなく、きっぱりと愛生は笑顔で言った。いつか呪いが解けるまで、愛し続ける。それだけが自分のできることだと信じながら。

5　解けない呪い

秋が深まり、冬がやってこようとしている。

空はどんどん高くなり、先日からちらちらと小雪がちらつくようになってきた。

木枯らしにさらわれるように、紅や黄色に色づいた枯れ葉が湖面に舞い落ちていく。そしてそのときだけ、それまでシンとしていた湖面がゆらゆらと揺れる。

風に交じり始めた雪の匂い。朝の透明感のあるシンとした冷たい風が窓から入りこんできた。

「ん……」

目を覚ますと、わずかに窓がひらいていた。

陽が昇る少し前の、うっすらとした青紫色の世界が広がり、霜の降りたバルコニーにたたずむ男のシルエットが見える。

（ルドルフさま……よかった……今朝は人間の姿をしている）

ベッドに横たわったまま、目を覚ますたび、彼の姿を確かめる日々が続いている。狼の姿をしているのか人間の姿をしているのか。

ルドルフ自身は、どちらでも気にしないと言っていた。

どちらでもいい、狼であっても人間であってもどちらも慣れている、と。

だけど愛生は、人間のルドルフでいて欲しいと思う。

狼の王さまの彼がイヤなわけではない。

気高いまでに美しくて、勇猛で、凛としたその姿を見るのは大好きだ。やわらかくてあたたかな彼の毛に触れていると幸せな気持ちになる。

けれど……それがすべてルドルフの身に降りかかっている呪いのせいだとしたら、やはり呪いという枷《かせ》から彼が解かれて欲しいと思う。

だから人間の姿でいて欲しいと切に願う。

そんなことを考えながら、愛生はゆっくりと身体を起こした。

「……っ」

まだ昨夜のなやましい行為の余韻が肌の下でくすぶっている。ルドルフを銜《くわ》えこんでいた部分に熱がこもり、吐きだされたものがとろりと腿の間に落ちてきた。

初めて身体をつないでから二週間——少しずつ下弦の月も過ぎ、新月に近づいているせいか、ルドルフが狼になる時間も徐々に減ってきた。

昼間は、いつものように愛生がケーキを食べるのを眺めながら、ルドルフはタロの診察をする。そのときの彼からは、狼の王である片鱗《へんりん》はまったく感じられない。

タロはルドルフのなかに同じイヌ科の生き物の匂いでも感じるのか、仲間だと思うようになったのか、ルドルフのそばにいると、愛生といるときのようにリラックスした、おだやかな様子でくつろいでいる。

彼に触れられながら、心地よさそうに腕や肢の毛づくろいをし、肉球を舐めたり、爪の先を甘噛みしたりして、身体の手入れをしている。

そうやってタロの診察を終えたあと、ルドルフはいったん自分の城にもどり、今日は夜半過ぎ、月が東の空にのぼり始める時刻に現れた。

タロがリビングで眠っているのを確かめたあとは、二人、寝室にこもっていつ果てるともわからない情事をくりかえした。

新月まで毎夜のようにくりかえせば、彼の呪いが解けるのではないかと信じているのだが、今のところ一向に呪いが解ける様子はない。

なにが足りないのだろう。あと一週間もせず新月になる。だけどなにも変わらない。

果たして、真実の愛というのは、一体どんなものか。ただただひたすらルドルフを愛しく思っているのに、どうして真実の愛としての結果が出ないのだろう。

「ルドルフさま」

愛生はガウンをはおり、スリッパをはいてテラスに近づいた。テラスのむこうには湖と森が広がっている。もうすぐ夜明けだ。中天に月は出ていない。

ベランダの柱と柱の間に吊られたハンモック。

軒下にあるので、雪は積もっていない。気に入っているらしく、明け方、人間の姿のとき、ルドルフはそこに横たわってゆったりと湖を眺めていることがある。

「なかで寝てろ、冷えるぞ」

愛生に気づき、ハンモックの布に肘をついてルドルフが顔をあげる。愛生はその傍らに進み、彼の肩に手を伸ばした。

「呪い……解けないのですか」

吐く息がとても白い。

明け方、霜の降りた森に囲まれた湖は、恐ろしいほどの静けさと透明感に包まれている。今朝はさらさらと雪が降り始め、湖面にはところどころ氷が張っていた。

「そう簡単なものではないと言っただろう」

「どうして呪われてしまったのですか」

愛生は問いかけた。小声のはずなのに、シンとしたテラスに思ったよりも大きく響いた。

「前に説明したはずだ。何度同じことを訊く」

確かに説明はされた。

けれどそれだけではどうにも腑《ふ》に落ちないものがあって、つい何度も尋ねてしまうのだ。

その昔、この森を含め、ボヘミアからドイツ一帯にかけて広大な領地をもっていたヴォルファルト侯爵家は、そこに古くから生息している狼とずっと共存してきた。

狼の群れにはリーダーがいて、彼だけが、人間の姿にも変化できる人狼だった。

狼の王と呼ばれ、代々、森の王者、森の守り神として森のなかの城で生きている王。

彼を大切に守り、狼の生息区域を守ることで、狼の王は森の安全と恵みを侯爵家にもたらしてくれていた。

狼の王は、夜空に月が昇っている間だけ人間になり、湖のなかにある城——今のルドルフの城で暮らし、侯爵家の娘を妻に迎えて幸せな家庭を築いていた。

だが年々、近代化が進み、森の中に村人たちが入りこんできて、野生動物の生息区域が奪われていった。

そのため、食料を求めて狼たちが家畜を襲うようになり、さらには狂犬病にかかった狼に子供が噛まれる事件もあり、一斉に狼狩りが行われ始めた。

侯爵家は、自分たちは以前からずっと狼と共存していること、古《いにし》えから、狼を支配している群れのリーダー——狼の王と、互いを守りあう約束を交わしている事実を説明した。

しかし、そんな話を領民たちが信じることはなかった。それどころか、狼人間がいるとして、恐れるようになっていって。

しかも狼の王は、人間よりもずっと寿命が長かったため、不死の悪魔とも、悪魔の化身ともいわれるようになり、教会は侯爵家の当主にその討伐《とうばつ》を命じた。

その役目を課されたのが、侯爵家の長男だった。

このままだと侯爵家は、迷信深い人々や教会によって、悪魔の仲間として滅ぼされてしまう可能性がある。

家を守るため。そう思って、狼の王を討伐に出た長男は命令どおり狼の王を倒し、森の狼たちを滅ぼした。

だがそのときに狼の呪いがかけられた。

狼の王の返り血を浴びた長男は、そのまま彼の呪いを身体に受け、夜の間だけ狼に変身してしまう人狼となった。

そしてたちまち侯爵家の親族や使用人たちまでもが狼になってしまった。

永遠に解けない呪い。狼の王とその一族の憎しみが侯爵家を永遠の闇のなかに縛りつけてしまったのだ。

それから何百年も経つのに、今もまだその呪いは解けない。ルドルフは、狼の呪いを受けたまま。

「どうして何百年も前のことに、ルドルフさまが今も……」

「狼王の血を浴びたからだ」

「あなたが？　でも……それは何百年も前の話では……」

ルドルフは返事をしなかった。そしてぼんやりと湖面を見おろした。

「ああ、だが……直系の子孫だから」

少し口ごもりながら、ルドルフは小声で言った。

どうしてただ直系というだけでそんな呪いを背負わなければならないのか。愛生はたまらなくなって言った。

「結婚して、子供ができたら、またその子が狼の呪いを引き継ぐんですか？　真実の愛があったら呪いは消えるんじゃないのですか？　これまで、あなたの両親も含め、ご先祖は誰も真実の愛を手に入れられなかったのですか？」

問いかけ続ける愛生の言葉にルドルフはなにも答えようとしない。ひどく困ったように、どこかやるせなさそうに眉根をよせているだけで。

いつものことだ。だから疑問が残ったままになる。

ルドルフはハンモックのなかから愛生の肩をひきよせた。

その腕のなかに包まれると、狼の王に抱きしめられていたときのようなぬくもりを感じる。

ふわっと漂ってくるワインの香り。ルドルフの城で醸造されているワインの匂いだ。

狼の血が濃いせいなのか、ルドルフの体温はとてもあたたかい。こうしているだけで、凍える心配がないほど。

昔はこのあたたかな彼の腕に包まれていることが愛生の幸せだった。狼の王の腕に抱きしめられていると、森の寒さも心細さも一気に吹き飛んで、ただただ、陽だまりのなかにいるような幸せなぬくもりに満たされたから。

けれど今は違う。彼の体温が普通の人間とは違うことが切ない。たまらなく淋しい。

「狼の王となっている間は、無念のまま殺された王の気持ちがこの身体にシンクロしている。いつもはずっと彼の声が聞こえる。でも今は聞こえない」

狼になっているときに見えている世界、聞こえている世界は、人間のときのものとは違うらしい。本当に狼の王の声が聞こえるのかどうかわからないが、確かに彼の身体にはその呪いがかかったままなのだ。

「ルドルフさま、狼の王さまが身体のなかにいるのなら、狼になったときに彼の魂に尋ねてください。真実の愛が呪いを解く鍵なら、俺のなにが足りないのか教えてと」

「狼の王の魂に……だと？」

「教えて、お願いだから。なにをしたら、あなたの呪いが解けるのかって」

彼のなかにいる狼の王の魂。こんなに一生懸命ルドルフのことを大好きでいるのに、どうして呪いが解けないのか。それがわからない。だから呪いを解く答えを教えて欲しい。

「知って……どうする気だ」

またあきれたようにルドルフが問いかけてくる。

「知ったら、そのとおり実行します。俺、絶対に……あなたを呪いから……」

愛生の言葉に、ルドルフが苦い笑みを刻む。

「知らなかったほうが幸せだったとしてもか？」

「そんなことどうして……」

「では、言い方を変えよう。私がそれを望まなくてもか？　最初に言っただろう、おまえにそれを望んではない。望んでいる相手は……おまえではない。この先、私が結婚する女性、私の家族になる相手だと」

「……っ」

これもいつも同じだ。彼からはそんな言葉しか返ってこない。彼は愛生からの真実の愛を求めていない。

だから呪いが解けないのだろうか。一方的だから。愛しあっていないから。

「おまえはこのままでいい。このままここで一時的に私の欲望を受け入れてくれたら。それ以上のことはなにも望んでいない」

なにも望んでいないと言いながら、この人はどうしてそんな切なそうな顔をするのだろう。どうしてそんなに愛おしそうに俺を見るのだろう。

「だから忘れろ。ここでの時間はクリスマスまでだ。この森が雪に封じこめられる前に、ここからおまえは出ていけ」

「でも……」

「私は年が明けたら結婚する予定だ」

結婚――――っ。

「知っているだろう、ずっと花嫁をさがしていることは」

「わかっています……ではお相手が」

「ああ、一人いる。私の正体を知ったうえで、銀狼の妻になりたいと言ってくれる女性が現れた。彼女と結婚する」

「銀狼の？」

「私の花嫁になるというのは、侯爵夫人になると同時に、銀狼の……つまり狼の王のつがいになるということだ。自分の人生も命も含め、捧げる覚悟のある相手と愛しあうことができたとき、この身に降りかかった呪いは解ける。その相手はおまえではない」

愛しあうこと――つまりルドルフはその相手を愛しているということか。

「それは……どなたですか」

ルドルフは静かに息をついた。

「いずれわかる相手だ。とにかく急いで結婚しないと、次の新月をのがす。結婚式は、侯爵家の一大イベントだ。夜を徹しての祝宴が行われる。夜の間中、人間の姿をしていないと、今のような中途半端な状態のままでは大変なことになる。この新月に結婚式をあげ、祝宴を催さないと、次の繁殖の時期ものがしてしまうことになる」

「繁殖の時期って」

「一月と二月だ。その季節は狼の繁殖期だ。その間、私の身体は、新月の間も人間にもどることはない。野生の狼同様に……」

「では……あと少ししかないじゃないですか」

「そうだ、それでおまえとの関係は終わりだ」

「……ルドルフさま」

「そんな顔をするな。もともとその約束だ。タロの面倒はみる。プラハに幾つか館をもっている。そこのひとつをおまえにやる。タロがいなくなっても、ずっとそこにいたければいてもいい。だが私が結婚したあとは、もう二度とこの森にはくるな」

「二度とって……」

「もう会わないということだ」

「何で……」

「会いたくないからだ。花嫁のため、新しい家族のため、かつて身体の関係があった人間を近くに置きたくない。それに私が結婚したら祝福すると言ったのは誰だ。笑顔で別れてくれ」

そのとおりだ。わかっている。最初からこのひとが結婚するまでの関係だということは。

では、呪いが解けないのはこのひとからの愛がないからなのか？　愛生からの一方的な気持ちではどうすることもできないのか？

それとも自分の愛が足りないせい。真実の愛ではないから？

「わかりました。笑顔で別れます」

愛生はルドルフの肩に頭をあずけた。

さらさらと頭上から雪が降ってくる。もうすぐこの真っ白な雪が森を閉じこめる。

ふっと既視感をおぼえた。

ずっと以前もこんなふうにこのひとから別れを告げられて、笑顔で別れると約束したような気がしてならないのだ。

（きっと……子供のときも……あなたはそんなふうに言って、俺を手放したんですね）

何となくそんな気がしてくる。

今、自分が感じている淋しさ、それと同じような気持ちを同じようにこの場で経験した記憶が身体のどこかに残っている。

昔は、肉体関係こそはもっていなかったけれど、きっと魂の深いところで今のような感じで、愛生は狼の王のことが好きだったはずだ。

そう、今と同じように真っ白な雪のなかで純粋に狼の王を愛していたと思う。でなければ、こんなにふうに既視感を抱くはずがない。

なつかしい気持ちになるわけがない。

ギシギシとハンモックの揺れる音だけが響いている深閑としたテラス。

最初はさらさらと降っていた雪がいつしかしんしんと降り始め、ふたりのまわりの森を白く染めあげていく。

ルドルフがじっと森を見ている。その眸がとても遠い。

ふと彼が森に奪われてしまいそうな気がして、愛生はその肩に手を伸ばした。

「森なんて見ないでください、お願い」

愛生の手をとり、ルドルフが苦い笑みを浮かべる。

「……部屋にもどろう、すまない、すっかり冷えて」

謝らないでいいのに。そんなふうにされると、自分がもうすぐ手放されるのだ、だから彼が優しいのだというのを改めて認識して淋しくなる。

最初に会ったときのように、ドングリの実程度、いや、それよりもちょっとマシなやつ、ツェッケンほどではないけどウザい存在、めちゃくちゃにしたい、虫酸が走るなどと悪く言われているくらいのほうがまだいい。

あまりのひどい言いぐさに、腹が立って、こんなふうに淋しくなることはないから。

イヤなやつだ、生意気で尊大な貴族だ……という印象だったら、こんなにも好きにならなかったのに。

ルドルフとともに部屋に入ると、ふわっとあたたかな室内の空気が愛生の身体を包み、自分の身体が思っていた以上に冷えていたことに気づく。

「ルドルフさまは、寒くないのですか。狼は体温が高いから、真冬の雪のなかでも平気だって聞いたことがあるけど」

確かにルドルフは晩秋の湖に裸体で浸かっていたときも、震えることも凍えることもなかった。

「ああ、寒さを感じない。狼だからというわけではなく」

ルドルフは髪をかきあげ、自嘲するように笑った。

「え……」

「寒さも暑さも……呪いによってなにも感じない身体になっている」

「……っ」

そんな身体に？　愛生は目をみはった。

「感じられるのは、快楽だけだ。快楽だけを貪る生き物。それも呪いらしい」

愛生をひきよせ、ルドルフがベッドに移動する。そして背中から愛生を押し倒し、首筋に顔をうずめてくる。

「こうしているときだけ、熱を感じ、ぬくもりを味わうことができる。ああ、あとは香りも感じることはできる。子供のとき、ミルクっぽかったおまえの匂いも、今、私を淫靡《いんび》に誘ってくる官能的な匂いも」

ルドルフのその言葉に、愛生のまなじりから熱いものが落ちていく。愛生のほおを濡らしているものに気づき、ルドルフが目を細め、顔をのぞきこんでくる。

「何で泣いている」

「呪いって……そんな何百年も前の先祖の呪いを……どうしてあなたがその身に受けなければならないのですか」

ひどい。ひどいひどい。ひどすぎる。と同時に、悔しい。どうしてその呪いを解くために、自分はなにもできないのだろう。何の役にも立たないのだろうと思うと。

ぽろぽろと涙を流している愛生のほおに手を添え、ルドルフはあきれたように息をつく。

「何でおまえが泣く必要がある。私は不自由したことがないというのに」

「だって……」

「夏でも暑くない。どんなに蒸し蒸しとしても倦怠感《けんたいかん》もない。凍った湖で泳いでも冷たくない。雪のなかにいても凍死しない。風邪をひくこともない。この世の不快なものを、一切、体感しなくて済む。すごいと思わないか」

自慢げに言われ、愛生は絶句した。

「身体が体感できる外的刺激が、唯一、生殖行為で得られる快楽だけだなんて、こんなに気楽なことはないではないか。呪いというよりは祝福に近い」

さらりと、淡々とした口調で当然のように言うルドルフの言葉が愛生には痛かった。

そのとおりかもしれない。

真夏に暑いのはしんどいし、蒸し暑いときに感じる倦怠感もたまったものではない。真冬に寒いのも好きじゃない。

だけどだからこそ、寒いときにこの腕のぬくもりが果てしないほど愛しくて大切なものに思えるし、暑いときにほんの少しひんやりとした風を感じたときの心地よさがうれしいと感じる。

それを愛生はすばらしいことだと思う。

けれどこの人はそういうことを身体で感じられない。

「……っ」

体感するものがないなんてよかったですね……とも、体感できるものがもっとたくさんあればもっと世界が素敵に感じられますよ……とも口にできない。

したくない。しても伝わらない。

それゆえ愛生からはなにも言えない。

「快楽だけでいい、私は幸せだ」

ルドルフが愛生を抱き寄せ、唇を近づけてくる。

「幸せって」

「今のままで幸せだ。無理におまえが呪いを解く必要はない。おまえは、クリスマスまでの間、私のそばにいるだけでいい。だから泣くな」

目をみはると、ルドルフが片方だけの目を細めて、小さくうなずく。

「だから私のために泣くな。子供のときのおまえを思い出して萎《な》える。犯せなくなる、私はおまえとやりたくてうずうずしているのに」

「……萎えるって……っ」

「させろ。娼婦みたいになって、たっぷり乱れて、私に快感を与えろ、唯一の刺激を」

祈るような言葉。このひとがそれを望んでいるのなら、自分は従うだけ。

「わかりました……俺も……幸せだから……こうしてるの……」

「されるの……好きか？」

「っ……はい……」

「なら、自分でやってみろ。一度、おまえからされたい。淫らに、いやらしく私をかわいがって、そのあと、後ろの孔を自分でほぐして呑みこんでくれ……」

愛生の手をつかみ、ルドルフは自身の下肢へと導いた。ズボンの上からでも、すでに形を変えたものが潜んでいるのがわかり、愛生はおずおずとそれを衣服の上からしごいてみた。

「どう……ですか……」

「そう、そのあと、私のズボンを開けて、じかに触れてみろ。それからおまえの口で……」

「……っ」

「さあ、早く」

うながされるままファスナーを下げ、そこに隠れているものをとりだして、じかに触れてみる。息を詰め、そのままよくルドルフが愛生にしているように口を近づけてみた。

根元を手でつかみ、括れの下の幹を舌先でそっと舐めてみると、それがむっくりと大きく形を変えていく。

自分を求めて、ルドルフのこれが変化しているのだとすべてが愛しく思え、愛生はゆっくりと亀頭の割れ目を舌先でなぞっていった。

「ん……っ……ふ……っ」

舌で刺激を与えると、鈴口からとろりと蜜がこぼれる。舐めれば舐めるほど、とろとろとあふれてくる。

アイスキャンディをしゃぶるみたいに音を立ててそこに刺激を与えていく。

そのたび、とく、とく……と漏れてくるしずくの多さが愛生にはとても愛しく思えた。寒さも暑さも感じない男が、自分からの刺激に感じていることがわかって。

「気持ちいい……ですか」

問いかけたあと、今度はすっぽりと口に含むと、それがさらに膨張していく。

気持ちいいと答えを返してはくれないけれど、その動きが彼の快感を語っているのはわかって、愛生はほっとしていた。

「ん……んふ……っん……」

思いきり爆発させてみたい。自分の力で最大限の快楽を感じさせたい。口を窄《すぼ》めて強く吸ってみたり、彼がいつも体内を出し入れしているときのように口を動かしたりしながら、舌先でそこを舐めあげていく。

肉塊に血がめぐり、今にもはじけそうなほど膨張していったそのとき、ふいにルドルフが愛生の肩に手をかけた。

「いい、そこまでで。できればおまえのなかで……一緒に……」

少しルドルフが苦しそうにしている。眉間をよせて、なにかに耐えているような顔をして。

「っ……気持ちよかった……ですか」

唇から唾液をしたたらせながら、上目遣いで問いかける愛生から視線をずらし、ルドルフは突き放すように言った。

「訊くな」

「でも……」

「いいから、今度は下の口で私を……達《い》かせろ」

ルドルフはそう言って、愛生をベッドに押し倒し、上からのしかかってきた。

自分でほぐして呑みこんで欲しいと言ったくせに、ルドルフは愛生のガウンをはだけ、性急に首筋に唇を這わせてきた。

「あ……っ……」

ふわりと熱っぽい吐息が皮膚を撫で、その指が乳首をいじり始めると、たちまち愛生の身体はしっとりと汗ばんでくる。

ルドルフの体温が高いせいか、真冬なのに、暖炉も熾火になっていないのに、彼の腕に抱かれていると、何の寒さも感じない。

それどころかたちまち肌が蒸れたように熱くなり、全身が上気してくる。

「ん……ああ……っ」

ちょっといじられただけですぐに愛生の乳首は勃起する。舌先で舐められると、心地よすぎて、まだ触れられてもいないのにさっきのルドルフと同じように蜜で下肢をぐっしょりとさせてしまう。

「欲しいのか、はしたなく濡らして」

「ごめん……なさい……」

恥ずかしくてたまらない。けれど乳首を摘まれたり、噛まれたり、抓《つね》られたりすると、かぁっと下肢まで火が走ったようになり、むずむずとした疼きに耐えられなくなってしまう。いますぐに身体の奥になにか熱い刺激が欲しいと言わんばかりに。

「気持ちいいのか？」

さっき問いかけたのと同じ言葉が返ってくる。

素直に気持ちいいと言うことに何となくいつも抵抗を感じる。きっとルドルフもそうだったのかもしれない。だから訊くなと言ったのだ。

しかしルドルフはなおも訊いてくる。愛生の胸の突起を指先で刺激し、感じさせながら。

「言え、気持ちいいなら気持ちいいと、早く」

ルドルフは自分よりもずっと人が悪い、と思った。相手がだまっていたら、こちらはそれ以上問いつめないのに。

「ん……いやだ……っ」

かぶりを振る愛生の反応にくすりと嗤う。

そしてルドルフが足の間に手を伸ばしてくる。くちゅくちゅという淫靡な音。愛生の亀頭をにぎりしめながら、指先で感じやすい部分に刺激を与えてきた。たちまち身体から力が抜け、いやらしい蜜で腿のあたりがとろとろになる。

「言わないなら、もっとよくさせてやる」

本当に意地悪だ。そんなことをされたらたまらなくなってしまうのに。

「あ……っ……っああ……っあ……あ……あぁ……あっ……あっ」

こらえきれずに、のどの奥から熱っぽい声があふれてしまう。全身がほてり、肌が熱を孕み、早く彼に貫かれたくてどうにかなってしまいそうだ。

こうなったら止められない。彼が欲しくてうずうずと体内を騒がせ、足を広げて、ルドルフが体内に挿ってくるのを待ってしまう自分がいる。

彼に言われたままこちらから呑みこむつもりでいたのに、彼から早くされたくてこんなことをするなんて……と自嘲しながらも。

「お願い……きてくださ……欲しい……ルドルフさ……っ」

たまらずその背にしがみつき、自分から懇願する。無意識のうちに腰を突きだして。

「ヤバいやつだ、あれだけ無垢な子供だったのに……こんなにエロい身体になって」

揶揄を口にしながら、ルドルフが愛生の足を持ちあげる。

「ん……っ……あなただって……親切な狼だったのに」

「私のせいにするな……今ごろおまえが大人になって現れるからだ」

ぐいっと愛生の腰をひきつけ、ルドルフがその奥の窄まりに自身を埋めこんでくる。

「あ……っあ……」

肉の環を押し広げられていく。熱く皮膚を摩擦しながら、ルドルフの肉塊が挿りこんできた。

「ひっ……ああ……ああっ」

その熱さ。いつも粘膜が火傷したように感じ、まるで溶鉱炉で溶かされたガラスになって、彼の肉塊に自分の体内がいびつに形を変えさせられていくようだ。

このときの圧迫感。ゆがめられていく感覚がすごく好きだ。もっといっぱいされたい。もっとこすられたい。

「あ……っ……い……く……好き……それ……すご……っ」

ぐぅっと奥まで深々と突き刺され、愛生は大きく身もだえ、声をあげた。愛生の腰を抱きあげ、ルドルフがぐいぐいと腰を進めてくる。

「あっ、ああっ！」

たまらない刺激に脳が痺れていく。自分が自分でなくなりそうなほど。愛生の内部はぎゅっと締まり、深々とルドルフを呑みこんでいく。そのとき、ふいにルドルフのささやく声が聞こえてきた。

「そうだ、それでいい」

それでいい？　なにがそれでいいの？

「だから……もう泣くな……いいな」

朦朧《もうろう》とするなか、祈るように放たれ言葉。愛生の腰を抱き、根元まで埋めこみながら、ルドルフが懇願《こんがん》してくる。

「泣くな……いいな」

「……っ……」

泣くな。どうしてそんなふうに言うのか。

「そう、こうして快楽を与えてくれれば。それしか感じられないのだから……そこから生きている実感を与えてくれれば……だからなにがあっても……二度と泣くな、私の前で」

生きている実感……。

『なにがあっても……二度と泣くな』

絶頂のさなか、耳に届いたルドルフの言葉。それを思い出し、愛生はあとで一人になってから不安に襲われた。

彼はなにを望んでいるのだろうか。

本当に結婚する気なのか。本当に結婚したら、彼の呪いが解けるというのか。

たまに幻影が浮かぶ。湖のなかに彼が落ちていくのではないか、彼が森の奥にそのまま消えてしまうのではないかという。

「タロ……あのひとは……なにをすれば一番幸せなのかな。俺の愛があればあのひとの一番望んでいるものが手に入るって、ハヴェルが言っていたけど……花嫁がくれるから……もう必要ないのかな。あのひとは……俺には快楽だけでいいって言う。俺……それしかできないのかな」

問いかけて返事はない。

タロは幸せそうな顔で眠っている。耳をピンと立て、リラックスしたように四肢を伸ばして、うっすらと口元に笑みをたたえているように。

前肢をとって指先を撫で、肉球をぎゅっとにぎると、「ん……」と息を吐く姿が愛しい。

愛生は眠っているタロの背中に顔をうずめ、ほおずりした。

「教えて……タロ……お願いだから」

でもタロは答えてくれない。このところ眠っている時間がずいぶん増えたけれど、本当にこの冬が越せるのだろうか。

「タロ……タロ……俺……何にもできないのが辛いよ。おまえにもルドルフさまにも……何の役にも立たないのが」

泣くなと言われたけれど、一人になると涙が出てしまう。ぽろりと涙がタロの額に落ちていくと、そのことに気づき、タロが視線をあげる。

つぶらな目でじっとこちらを見つめてくる。心配をかけてはいけないと思い、愛生はとっさに笑顔を作った。だが愛生の淋しさが伝わるのか、タロは目を細めて愛生の手のひらを舐めたあと、身体をすりよせてくる。

「ありがとう、タロ……ごめんね」

ぎゅっと抱きしめ、その毛に顔をうずめ、必死に涙をこらえる。

「う……っ……う……」

ルドルフさまが大好きだ、タロが大好きだ。どちらも好きで好きでたまらない。

でもルドルフさまは結婚し、二度と愛生には会わないと言う。タロはもうすぐ寿命がくるかもしれない。

この愛はどちらも失われていく。もうあと少しでなくなるのだと思うと、こらえようこらえようとしても涙があふれてきた。タロの毛をぐっしょりと濡らしてしまうほどたくさんの涙が。

泣いているうちに少し気持ちがおちつき、愛生は、近ごろ散歩に行くのをいやがるようになったタロの毛づくろいをして過ごした。

そうしていると、午後三時、いつものように彼が別館に現れ、タロの様子を診てくれた。

「そうだ、愛生、今朝ユリエから連絡があった。聖アウグスト修道院にいた子供たちは、全員、養子に行くことになった」

「本当ですか？」

「ヨーゼフは、スイスのアルプスでペンションを経営している老夫婦。トビアスもその近くの夫婦に。クララはドイツの資産家に。あとの一人はプラハの一般家庭の養子に。どちらも厳重に審査したうえで決まったらしい。一応試用期間を経て、それから正式な養子手続きを行うことになるようだが」

「ありがとうございます」

何てありがたいことだろう。願わくば、すべての子供たちが幸せにならんことを。彼らにとって素敵な家族でありますように。

「それからタロのことだが、また少し弱っている。食事を変えた方がいいだろう。ハヴェルに言っておいたから」

「具合が悪いとか、どこか辛いとかそういうことはないですか」

「今日は、ご機嫌だ。すごく調子がいい」

ルドルフがそっとタオルで身体をぬぐうと、タロがうれしそうにしっぽを振る。

「タロの言葉がわかるのですか」

「……犬同士、仲間だからな」

冗談めいたルドルフの言葉に笑えない。彼の現実が切なすぎて。

「タロ、だんだん真っ白になっていく」

以前は茶色い毛もたくさんあったのに、このところ、どんどん白くなっている。

ルドルフからは、回復の見こみは少ないと言われている。けれどまた少しでもよくなるのではないかという一縷《いちる》の望みをかけている。タロはたったひとりの家族だから。

「人間ならもう百歳を超えている。大往生だ。タロは、いつ逝ってもいい、だが自分が逝ったあと、愛生が泣くのがイヤだと思ってる」

「それ……タロが言ってるんですか」

「いや」

「どうしてそんなことを」

「触れていると伝わってくる」

「何でそんなことがわかるんですか」

「私はボヘミアの森の王だ。この森にいる動物の言葉、考えがすべて理解できる」

ルドルフの言葉に愛生は小首をかしげた。

「だから、今、私が説明したのがタロの本心だ。タロは自分の寿命がわかっている。そう長くないことも」

寿命……。

胸が深く抉られるような痛みを感じ、かぶりを振った。

「……そんなこと言わないでください……タロが逝ってしまうかもしれないなんて。俺、永遠に一緒にいたいのに」

タロを抱きしめ、その毛を撫でながら、愛生が祈るような気持ちで言うと、ルドルフは冷ややかな声で返した。

「永遠など必要ない。寿命があるほうがいい。若さも命もかぎりあるほうが。私は年をとるほうがずっといいと思う」

年をとるほうが？　そういえば、ルドルフはいくつなんだろう。

愛生が狼の王だったこの人と暮らしていたのは十年前だ。

それから七年前に施設に寄付してくれている。ということは、すでにそのころ、成人していたはずだが。だとしたら、三十五、六くらいのはずではないかと思うのだが、ルドルフはどう見ても二十代後半くらいだ。

それとも狼の王の呪いのせいで、外見が少しだけふつうの人よりも若く思えるのだろうか。

「それは正論ですけど……俺は少しでもタロと一緒にいたくて……あなたとも別れて、タロがいなくなったら……俺はひとりぼっちになる。そんなの……」

「人は所詮一人だ。生まれたときも死ぬときも……生きているときだって」

この人は早くに家族を亡くしている。そのときから幸せを望んでいないとハヴェルが言っていた。

家族もなく、呪いがかかった狼の王としての人生。

誰よりも孤独で、ひとりぼっちで生きているこの人の前で、ひとりぼっちはイヤだなんて言うことはできない。そう思って、愛生はなにも返さず、ただタロをぎゅっと抱きしめた。

「それにタロは知ってるぞ。私とおまえの関係を」

突然のルドルフの言葉に、愛生は驚きのあまり裏返った声をあげた。

「え……っ……そのことにタロは何て……」

ルドルフは苦笑し、なにも答えようとしない。

タロの顔を見ると、ぺろりと舌先で愛生の手のひらを舐めてくる。知っているぞ、といわんばかりの態度に、愛生はかっとほおが熱くなるのを感じた。

「タロ……何でもないからな、べつに何でも」

愛生がしどろもどろに言うと、タロは目をぱちくりさせ、きょとんとこちらを見たあと、まるで二人の邪魔をするまいといった態度で、キッチンのほうにむかって歩いていった。

「あっちで寝るそうだ」

「本当にタロがそんなふうに言ってるんですか」

「さあな」

「タロ、何て言ってるんですか、教えてください」

「イヤだ」

ルドルフはソファに腰を下ろし、愛生を抱き寄せ、唇にくちづけしてきた。そして胸に手を滑らせてくる。

「ルドルフさま……っ」

触れられただけでたちまち感じてしまう乳首。いつのまにこんなになってしまったのか。指で揉まれるとたまらなくなって、愛生は恍惚とした顔で息を吐いてしまう。

「ん……ふ……」

「おまえがこうされて気持ちよくなるのを、タロはちゃんと知ってる。いやらしいご主人さまですみませんと言ってる」

「本当ですか……そんな……ことって……」

「でも、ご主人さまの気持ちいい声を聞いているとよく眠れるので、もっと気持ちよくさせてやってくださいとも言ってた」

「え……それ……本当ですか」

真剣な顔で問いかける愛生に、ルドルフがくすりと笑う。

「さあな」

「俺をからかっているのですか……それとも本当にタロがそんなことを……」

「……からかってない」

「じゃあ……」

「かわいがってるだけだ」

自分の上に座らせ、愛生のシャツをたくしあげ、ルドルフが乳首に唇を這わせてくる。熱っぽいその感触。

「ん……っ」

そのあまりの心地よさに熱い吐息が漏れそうになる。

「っ……あ……ああ……やめ……そんなふうに舐めるのは……っ」

「さっき、タロに舐められて幸せそうにしていたじゃないか」

「タロが舐めていたのは手のひらで……や……っ……やめ……そんなとこを……舐める犬なんてどこにも……」

「ここにいる」

冗談なのか本気なのか、また笑えない冗談を口にして……。でもルドルフはずいぶん楽しそうだ。

愛生が困った顔で感じているのを確かめるのがとても好きそうだ。

「……っ……ああ……っあ……」

キッチンでタロが聞いているかもしれないのに、はしたなくも甘い声を吐いてしまうなんて。

「いや……そこは……あ……あっ……」

感じやすいところを弛緩するまで、ほぐされていく快感。少しずつ身体が浮遊しているような、快楽の海のなかで気が狂ったようになってしまう。

それもあと少しの間だけだと思うと、もういい、もうたっぷり乱れよう、どんな淫らなことでもしようという気持ちになってくる。

せめてその気持ちが真実の愛となって、ルドルフの呪いを解かないのか……などと、あきらめきれずに思いながら。

「ルドルフさま……ああ……っ」

大好き、とてもとても大好きです。その言葉の代わりに、彼から与えられる快感に素直に身をゆだね、自分がどれほど心地よくなっているか必死に伝える。

「感じやすくて……愛らしい……愛生……おまえと本当に愛しあえたら」

ふと耳に聞こえてきたルドルフの言葉に、愛生は首をかしげた。

「今……何て」

目をみひらくと、ルドルフがやるせなさそうに片方だけの目を細めている。

（ルドルフさま……）

なにか苦しそうな、重いものを背負っているようなまなざし。救いを求めているような気がするのだが、どうしてそんな目で自分を見るのだろう。

「どうして……」

「いや、何でもない、もっと乱れろ」

「あ……待って……今のは……」

「いいから、なにも考えずに私に抱かれろ」

ガウンの裾から入りこんだ指が形を変えた愛生の性器を弄《もてあそ》んでいく。その心地よさにたまらず腰をくねらせてしまう。

「もうこれか？　どれだけ淫乱なんだ」

「やだ……ごめんなさい」

「今朝も吐きだしたばかりなのに……こんなに淫らに潤ませて」

くちゅくちゅと足の間をルドルフが弄ぶ。

「ああっ……ああ……」

また今夜もこうして理性の留め金を外し、獣のように貪りあうのだろうか。ルドルフにされていると、いくらでも淫らになれる。どんなことでもする。どれだけ好きか、どれだけ愛しいか、伝えたいから。

「いい……っあ……そこ……」

声をあげる愛生の頭に手を当て、ルドルフがキスを求めてくる。

「愛生……」

「ん……っふ……」

うっすらと唇を開け、互いに唇を重ね、舌を絡めていく。

彼の舌の熱さ。その熱が好きだ。胸を弄ぶ彼の指の熱さも。体内を穿《うが》つ彼の肉茎の灼熱《しやくねつ》のような熱さも。

窓の外には真っ白な雪に包まれた森が見える。

ルドルフに呪いをかけた森の王。この森のなかで生きていくことしかできないルドルフ。

ボヘミアの森……お願いだから、早くこのひとの呪いを解いて。こんなに愛している。こんなに大好きだから。


何度、祈って彼と身体をつないでも、翌日、月夜に狼として森のなかを疾走するルドルフを見ると、愛生の胸はきりきりと痛む。

もちろん彼がそれを望んでいないからだけど……。

狼の王のまわりに集まっていく仲間たち。かつての侯爵家の親族や使用人たちの子孫らしい。

「……タロ……真実の愛ってなに?」

問いかけてもタロの返事はない。

タロの眠る時間が少しずつ長くなっている。それは同時に、クリスマスが刻一刻と近づいていることを愛生に痛感させる。

クリスマス——別れのときが。

6　秘密

日ごとに夜が長くなり、冷えこみが激しくなるにつれ、タロが弱ってきて、愛生を不安にさせた。

ルドルフの話では、そう長くないという。せめてそのときまでここにいさせてもらえたら。

しかしそんな矢先、ルドルフから、すぐに森を出て、プラハにある彼の家のひとつに引っ越すようにと言われた。

「そろそろ潮時だ」

彼は市内にワイン販売専用の会社と、あといくつか侯爵家所有の別宅があるらしい。

そのうちのひとつに小さな一軒家があり、そこからだと動物病院も近いので、愛生に転居するようにと提案したのだ。

「でも、クリスマスまでここにいていいって約束じゃ……」

「雪が深くなる前に動くほうがいいだろう」

ルドルフが目元に指を伸ばしてきた。

「そのほうがいいのですか。もう俺がいないほうが」

「ここにユリエを迎えることになったから」

「ユリエって……あの施設の修道女の？」

「そうだ、彼女と結婚する」

ユリエと結婚――――。

ルドルフの最も身近で、彼の秘密も知っている女性。

「私の花嫁には、もともと彼女が一番ふさわしいと思っていた。ハヴェルやヨナシュと同様に、この侯爵家のために生きている女性だ。ただ身分違いということで彼女が萎縮していたのと、神に身を捧げた立場で還俗していいのか悩んでいて……」

「……そうでしたか」

確かに、彼女ほど適した女性はいないだろう。

「結婚したら…呪いが解けるのですか」

その問いかけにルドルフは返事をしなかった。

「今夜、おまえはプラハに行くんだ。私は新月の夜、身体が狼にならない間にユリエと結婚する。侯爵家のプラハにある邸宅にある教会で、正式に」

無性に切なくなってきた。このひとは、別のひとのものになる。新月の夜に。

もう、こんなふうに親しく過ごすことはない。

（淋しい……離れると思うとやっぱり淋しい）

愛生はうっすらと目を開き、ルドルフを見あげた。

もうこのひととの時間は終わりを迎える。そして二度と会わなくなる。

「祝福してくれないのか」

ルドルフはやるせなさそうな顔で問いかけてきた。

「あなたは……それを望んでいるんですね」

「ああ」

その声が深く耳に落ちる。胸がきりきりと痛んだが、愛生はこれ以上ないほど明るい笑顔を見せることができた。

「わかりました。おめでとうございます、祝福します」

「ありがとう」

ルドルフの指先が愛生のほおに触れ、額に落ちた髪を掬いあげていく。

そういえば、狼だったルドルフが、寒い夜、そっと彼の舌で額を舐めてくれたことがある。

ふとそのときのことを思い出した。確か自分が泣いていた夜だった。

「おめでとうございます、今度こそ呪いが解けるよう祈ってます」

「そうだな。おまえも幸せに」

「あなたもお幸せに」

「私は幸せだよ、こんなに幸せだと感じたことはこれまで一度もない」

ルドルフの片方だけの眸が今日はやけに優しい色をたたえている気がする。きっと結婚するから、幸せを感じているのだろう。

ルドルフが幸せなのはうれしい。それが自分以外の人間によって得られるものだと思うと淋しいというのは自分のわがままだろうか。

（淋しい……離れると思うとやっぱり淋しいけど……だけど……）

愛生は目をひらき、ルドルフを見あげた。

「っ……今日までありがとうございます。本当にありがとうございました」

愛生が笑顔で言うと、髪に触れていたルドルフの手が動きを止めた。

「どうした、改まって」

「ルドルフさまがいなかったら、俺……生きることもできなかったと思うから。俺、きっと幸せになるから。本当にありがとうございます。あなたとあえてよかったです」

ルドルフは表情を変えずに愛生を見た。

「私もだ。もう一度おまえと会えてよかった」

「俺もです。ずっと会いたかった狼の王さま……それから名前をつけてくれたひと。あなたが俺に、愛生という名前をつけてくれたんですね」

愛生の言葉に、ルドルフが眉をひそめる。

気づいたのか？　と問いかけるようなその眸に、愛生はこくりとうなずいた。

「あなた以外、該当する人物が誰もいないことに気づきました。病院で愛のために生きろと言ったのもあなたですよね。死ぬなと言ったのは」

ルドルフは返事をしなかった。

このひとはいつもそうだ。隠していることを問いかけた場合、イエスだったときは絶対に返事をしない。だからわかる。それが肯定の合図だということが今なら。

「愛生……」

ルドルフは愛生から視線をずらし、改まった口調で言った。

「十年前、おまえの記憶を消したつもりだった。すべて消したはずなのに……おまえはおぼえていたんだな、一緒に過ごした時間をうっすらとでも」

「俺の記憶を消したのは……本当に忘れて欲しかったからですか」

さぐるように愛生が片方だけのその眸を見ると、ルドルフは「ああ」とうなずいた。

「どうして……」

「前に言っただろう？　狼と暮らしていた記憶などないほうが幸せに暮らせると思ったからだ。もし望むなら、ここでの記憶も消してやる。ウザいと私が言い放ったあの日に」

そうだ、ここに初めてきた日、ウザいと言われたのだった。

そしてハヴェルに「おめでとう」と言われた。ルドルフの感情をマイナス面でも揺さぶることができて……と。

「いいです、あの日にもどるのはごめんです。あなたに虫酸が走ると言われたままだとやっぱり哀しいから」

愛生が冗談めかして言うと、ルドルフも同じように返してきた。

「今でも思ってるぞ。おまえほどウザくて、私をムカつかせて、犯したくてうずうずさせるやつは他にいない、と」

「……それって……やっぱりおめでたいことなのですか？」

「ああ、私にそんなふうに思われたのだからな」

「俺……子供のときもウザかったですか？　前にそう言ってた気がしますが」

問いかけると、ふいにルドルフがやるせなさそうに苦笑し、愛生の身体を抱き寄せた。そして髪の毛に指先を絡めながら、耳元でささやく。

「もちろんだ、ウザくてうっとうしくて、虫酸が走って、いらいらして、おまえにはムカついてばかりだった」

「ひど……」

「本当のことだ。王さま、大好き、王さま、大好き……と言って纏わりついてくるし、一緒に眠らないと、ひとりだと寒い、王さまの毛がないと寒いと言って駄々をこねるし、風呂も私と一緒でないとシャンプーもしないし、食事も私がそばにいないとなにも手をつけない。おまえみたいに手がかかるやつは初めてだった。何て面倒なやつなんだと、いつもムカついてばかりだった」

「うそだ……それ、絶対に俺じゃないです。だって……施設では、聞きわけがよくていい子で有名だったんですよ」

「らしいな。離れたあと、施設でのおまえの話を聞くたび、耳を疑ったよ。私の前と、他の人間の前でどうしてこうも違うんだ、と。そう思うと、ますますムカついた」

それは……要するに、手がかかってどうしようもなかったけど、実際はかわいくてしょうがなかった……と受け止めていいのだろうか？

「……手放したあとも、俺のこと……気にしてくれてたんですか」

「最初はずっとそばで育ててもおもしろいと思った。だがボヘミアの森の冬は、おまえの身体にはきつかったようだ。おまえの身体が弱ってきて……そんなとき、おまえが泉に落ちて……高熱が出てしまって」

「それで人間社会にもどしたのですか」

確かに、発見されたとき、愛生は高熱で死にかけていた。

「永遠に会わないつもりだった。だから記憶を消した。まさかおまえがそのときのことを多少なりとも覚えていて、再び私のところにやってくるとは思いもしなかったが」

記憶が消えきらなかった。そして再会した。

「だとしたら運命だったのかもしれません。俺はあなたと再会する運命だったんです」

愛生はルドルフを見つめ、きっぱりと言った。

「忘れられないほどの愛しい思い出だったのです。他のことは全部忘れたのに、狼の王さまと名前をつけてくれた人のことを……俺は忘れることができなかった。あなたへの想い……それはあなたにかけられた呪いよりもずっと強い力だったんだと思います」

そうだ。他人の記憶を消す力。そんなものをこの人が持っているのは、狼から受けた呪いのせいだ。人間にはない力なのだから。

だけどその力が、愛生には完全には及ばなかった。だとしたら、それは愛生の気持ちが呪いよりも強かったせいだ——と思うのは、変だろうか。まちがっているだろうか。

「ルドルフさま……俺の気持ちは……呪いより強かったんですよ。それだけでもよかった、呪いは解けなかったけど、呪いよりも強いものがあって。そう思いませんか？」

愛生のまっすぐなまなざしから視線を逸らし、ルドルフは軽く舌打ちした。

「私はおまえのそういうところが嫌いだ。だからおまえがウザくてしょうがないんだ」

突き放すような、冷たい言い方。

「おまえのその楽天的な物の考え方、おめでたい発言、前向きといえば聞こえはいいが……私にはただの脳天気なバカにしか感じられない。何でいつもいつもそうバカみたいなことを言う。何でそういつも太陽のような笑顔で、私を明るいところにひきあげようとする」

　忌々しそうに言われ、愛生は小首をかしげた。

「ルドルフさま……」

「おまえのその生き生きとした姿を見ていると、どうしようもなくムカついてくる。子供のときもそうだった。にこにこして、バカみたいに私に抱きついて好きだ好きだと。その無垢さ、無邪気さにどれだけイラついたか。再会してからもそうだ。私の呪いを解きたいから好きなだけ犯してくれだと……バカじゃないのか、おまえは」

　ルドルフはひどく苛立った様子で、さんざん愛生を罵倒しているが、その声音はとても切なげで、なぜか愛生の胸を締めつけてくる。

　だから言葉とはうらはらに、本当に愛生のそういうところがとてもかわいい、愛生が愛らしくて仕方ない……と言われている気がするのは、自分の錯覚だろうか?

「あの……ルドルフさま……それって……俺が好きだって言ってるように聞こえますが……やっぱり俺が……おめでたいだけですか？」

「そうだ。だから呪いが解けないんだ。おまえを抱いてみてわかった。私の身体がおまえを欲しがっているのは、おまえが生き生きとしているからだ。だが、その一方で私の心がおまえを拒否しているから」

「拒否……ですか」

「生命力に満ちすぎている。幸せすぎる。何にでも喜びすぎる。何でもうれしがる。そんなやつといることを感情が拒否する。だから、もうおまえの相手をするのは終わりだ。おまえを私から離す。でないと私は生を求めてしまう」

ルドルフはそれまでとは違って、ひどく苦しそうに、ひとりごとのように言った。

「生を求めて？」

どういう意味なのか。愛生は彼の顔をのぞきこんだ。ついと彼が顔を背ける。

「いや、何でもない。とにかくおまえのような人間は嫌いだということだ」

「ひどいです、嫌いだなんて……そんな言い方」

「嫌いだ、本当におまえなんて嫌いでしょうがないんだよ。おまえがこの世で一番嫌いだ。おまえだけがこの世で大嫌いなんだ」

愛生のほおをルドルフの大きな手のひらが覆う。くいと顔をひきあげられた次の瞬間、愛生の唇はふさがれていた。

「ルドルフさ……っ……」

舌で唇をこじ開け、ルドルフが熱い舌を奥に侵入させてきた。舌が絡まりあい、口腔にルドルフの熱が溶けていく。ルドルフとのくちづけ。

切なくて愛おしい。

大嫌いなんて嘘だ、わかっている。少しは愛しいと思ってくれているのがこのひとの言葉からも態度からも伝わってくる。

だけどこのひとに必要なのは愛生ではない。花嫁、銀狼のつがいとなれる女性。そう愛生のものにはならないのだ。

「いけません……もうやめましょう」

愛生はかぶりを振って、ルドルフの胸を手で押した。

「愛生……？」

ルドルフが顔をのぞきこんでくる。愛生は眸を潤ませながら、ルドルフにほほえみかけた。

「呪いが解けることを祈ってます」

「愛生……」

「結婚するひととは……もうキスはできません。ユリエさんを裏切ることはできません。どうかこれから先のキスは彼女のために残しておいてください。ただ……ただ……」

愛生はルドルフを見あげた。最後に一時のぬくもりが欲しい。

「最後に、強く俺を抱きしめてください……」

愛生が懇願するように言ったそのとき、ルドルフがはっとふりかえる。外で車のエンジン音がしたからだ。ルドルフが目を細めて苦笑する。

「迎えがきた。ユリエが新しい家に送ってくれる。そのとき、ユリエがヨーゼフやトビアスたちの連絡先も教えてくれるはずだ」

「もう……これでお別れなんですか」

そのことにルドルフは返事をしなかった。いつものように。沈黙が二人の間に落ちたとき、別館のインターフォンが鳴った。

ルドルフにうながされ、ハヴェルの手を借りて迎えにきた車の後部座席にタロを寝かせると、愛生は荷物をとりにもう一度別館に入っていった。

すでにルドルフの姿はない。どこに行ってしまったのか。

「愛生さん、車が発進しますよ」

ハヴェルが呼びにくる。

「はい、あのルドルフさまは……どこに……」

「お館におもどりになりました」

「別れも告げないまま……ですか」

「別れなら、明日、お伝えになればいいでしょう」

「明日……明日、ルドルフさまと会えるのですか？」

「はい、明日の昼間、あなたのお宅にルドルフさまがおうかがいになり、新しい動物病院の医師にタロの病状の件でお話をされる予定です」

「そうなんですか、もう一度、会えるのですね」

「はい。プラハでのあなたとタロの生活ですが、私とヨナシュが責任をもってその後のお世話をさせて頂きます。あなたの今後のことなども、明日、ルドルフさまと詳しくお話しされるといいでしょう」

「よかった……では明日、ルドルフさまがいらっしゃるのをお待ちしています」

もう一度、会える。そのときに別れを告げられる。それまでに自分の気持ちをしっかりと整理して、これまでのことをきっちりとお礼を言って。

（それからひとつ、訊きたいことがある。俺は……どうして、狼の王さまに拾われたのか。俺はどう

してこの森にいたのか）

気がつけば、彼と一緒にいたけれど、それまでは日本語を話していたみたいだし、ルドルフはそれを知っていて、ちゃんと日本語の名前をつけてくれた。

だとしたら、愛生が何者なのか、ルドルフは知っているのではないだろうか。愛生の家族はどこにいるのか、どうして日本人の愛生がボヘミアの森で、狼の王と一緒に暮らすようになったのか。そのことについて自分はなにも覚えてない。

だからそれをルドルフに尋ねたかった。

愛生は小さなボストンバッグを手に、車の停まっている場所にむかった。

ボヘミアの森はすっかり雪に包まれ、車のタイヤには雪用のチェーンが巻かれ、雪道にくっきりとした跡がついていた。

「ユリエさんだけですか？」

運転席には、シスターの服を脱いだユリエの姿しかなかった。

「ええ、ヨナシュはあなたが住む家の内装を整えていて、私が一人でくることにしたの。むこうに着いたら、タロを運ぶのを手伝ってくれるわ」

愛生が車に乗ると、ユリエは車を発進させた。

「子供たちの件、ルドルフさまから聞きました。どうもありがとうございます」

「そうね、みんなを無事に送りだすことができて私もほっとしたわ。みんな、とてもいい子ね。あなたのことを慕っていて、おちついたらプラハに会いにくると言ってたわ」

「ありがとうございます、本当に」

「私も結婚前に、きちんと仕事をやり終えることができて満足しているわ」

「ユリエさん、あの……やはり本当に結婚されるんですね？」

問いかけると、ユリエは少し気まずそうな顔をした。

「ええ。愛生さんも祝福してくれる？」

ふいに挑戦的に訊かれ、愛生はとっさに笑みを作った。

「もちろんです。ルドルフさまにもユリエさんにも幸せになって頂きたいです」

二人がどんなことをしていたのか、ユリエに知られたらどうなるのか。

花嫁になる人に、あなたの未来の夫は、ここにいる貧相な男の子と身体の関係を持っていましたと知られるわけにはいかない。たとえそれが彼の狼としての血を抑制するためのものであったとしても。

そこに愛情がなかったのだとしても。

「じゃあ、愛生さんは、ルドルフさまのこと……あきらめられるのね？」

「——え……っ」

「知っているのよ、あなたとルドルフさまの関係……」

「……っ！」

「隠さなくてもいいわ。ルドルフさまが、夜に狼にならなくなったのは、あなたを抱いているからだということくらい、私もハヴェルもヨナシュも知っているし、ボヘミアの森にいる狼たちだってちゃんと気づいているのだから」

冷めた声で言われ、愛生はうつむいた。

そんなふうに責められるといたたまれない。申しわけないやら、恥ずかしいやら、どうしていいかわからなくて、愛生はうつむきながらしどろもどろに言った。

「でも……ルドルフさまは……ユリエさんと結婚すると。だから俺は……」

愛生は口ごもった。

（俺もルドルフさまが好きだと言ってもどうにもならない。彼は結婚を決意している。男同士だし、子供を産めないし、結婚できないんだから、好きだというのは言わないほうがいい）

ルドルフはユリエと結婚して幸せになる。ユリエはルドルフと結婚して幸せになる。そうして呪いを解く。自分は祝福する。そう決めた。それなのに胸の奥が痛むのはどうしてだろう。

「じゃあ、あなたはルドルフさまを……愛していないの？」

強い口調で問われ、愛生はぎゅっと手のひらをにぎりしめた。

「正直に言って。毎晩、彼の腕に抱かれて、その呪いを解こうとしていたのでしょう？　でも彼が私と結婚すると言ったからあきらめた。違う？」

「……っ」

ユリエは急に森のなかで車を停めた。そして愛生の肩に手をかけてきた。

「ねえ、あなたを責めているんじゃないの。あなたの本心を聞きたいだけなの。ルドルフさまを愛しているの？　呪いを解きたいと本気で考えていたのじゃなかったの？」

問いかけられているうちに、愛生の眸からぽろぽろと大粒の涙が流れてくる。

「ごめんなさい……」

「やっぱりそうなんでしょう？　本気で彼のことが好きなのよね？」

どうしてこんなことを訊いてくるのだろう。もうあきらめようと思っているのに。祝福すると言っているのに。

「ごめんなさい……俺……俺……本当は……」

「謝らなくていいの。お願いだから本当のことを教えて。正直に言って。どのくらいルドルフさまが好きなの？　なにがあってもあの方を愛している？」

必死にすがるようにユリエが尋ねてくる。愛生は泣きながらうなずいた。

「ごめんなさい……ごめんなさい……本当にすみません」

ぽとぽとと大粒の涙が愛生の手のひらに落ちてくる。

このひとに嘘はつけない。愛していないなんて言えない。このひとは、施設の子供たちに対して、優しく親切にしてくれて、養子先までさがしてくれた。

「ルドルフさまが好きなのね」

「はい……すみません」

「彼を愛している？」

「はい、愛しています」

泣きながら言うと、ユリエは救われたような顔でほほえみ、胸の前で十字を切った。

「神よ、感謝します」

「え……」

「感謝したのよ、神さまに。あなたが本気でルドルフさまを愛していることがわかって……うれしくて……」

「うれしくて？」

「そう。もちろんこれからが大切なのだけど」

どういうことだろう。ユリエが安堵したような、うれしそうな顔をしている。

「大切？」

「……あなたの愛を試させてもらっていい？　あなたがもどってくるまで、ここで待っている。だから、この道の先に進んで、悪魔の泉の前に行って」

ユリエはじっと愛生を見つめて言った。

「え……」

意味がわからない。彼女はなにを言っているのか。

「この先に、悪魔の泉と呼ばれている場所があるわ。そこに行って。彼を本気で愛していて、ルドルフさまにかかっている呪いの真実が知りたければ――」


ルドルフにかかった呪いの真実。

一体、この先になにがあるというのか。

静まりかえった森。陽は暮れているが、雪明かりのおかげで決して暗くない。細い道に、愛生が踏みしめているさくさくとした雪の音だけが響いている。

上空をふりあおぐと、しんしんと降ってくる純白の雪。大粒の雪を孕ませた風がすぅっと森の小径を駆け抜けていく。

そのむこうには雪を纏った白樺の森。ホォホォというフクロウの鳴き声も聞こえてくる。

こうしていると、十年前、同じようにここを歩いていた記憶を思い出す。耳に響いてくるのは、いつも話をしているドイツ語ではなく、日本語だ。

『あれが白樺よ。それからあそこにいるのは、大フクロウ。この森の悪魔と言われている夜の帝王。だから大フクロウのいる泉は悪魔の泉といわれているの』

日本語でそんな話をしていたのは誰だろう。

積もった雪の上にはらはらと舞い落ちる雪を踏みしめ、もくもくと前に進んでいく。この道を身体がおぼえていることをはっきりと悟りながら。

夜の闇の奥から呼びかけるようにずっと大フクロウが鳴いている声がする。

その声の場所がきっと悪魔の泉だ。ひきよせられるように前に進んだそのとき、ふいに視界が大きくひらけた。

「これは……」

雪を纏い、うっそうとした木々の間に、深い色をした泉があった。そのほとりに立った巨大な木。その木にはぞっとするほど大きなフクロウがいた。

フクロウの止まった木の下には二つの十字架が並んで立っている。その中央には、大きな聖母像。そこは小さな墓地になっていた。

悪魔の泉……確かにそんなふうに言われても不思議はない場所だった。不気味な墓場となった泉。けれどそこを怖いと思うことはなかった。

ただ愛生の双眸からとめどなく涙が流れ落ちてくるだけで。

（……ここ……この墓……ここは……俺がルドルフさまと……いや、狼の王さまと出会った場所だ……十年前……俺は……ここで……）

すうっと記憶の底からよみがえってくる現実。

十年前の秋だった。

狼の王と出会ったあの日まで、愛生はプラハで幸せに家族三人で暮らしていた。

ヴァイオリニストとしてプラハの小さな楽団の一員だった両親。

ふたりはドイツの音楽大学で知りあった留学生同士だった。

ベルリンで結婚したあと、愛生が生まれた。

ちょうど愛生が十歳になったとき、プラハの楽団と契約し、引っ越してきたのだ。

毎日、ヴァイオリンを演奏し、ワインを飲み、プラハの美術館をまわったり、人形劇を見たり、楽しい生活を送っていた。

悲劇が起きたのは、休みの日、三人でボヘミアの森にピクニックにきたときのことだった。

母が新しくドヴォルザークの『ボヘミアの森』を演奏することになったので、その舞台になった場所に行こうと、秋の晴れやかな日、父の運転するワゴン車で出かけたのだ。

一日、楽しく遊んだのだが、夕暮れ、父が道に迷って森から出られなくなってしまった。

月が出始めたそのとき、森の奥でばったりと出くわしたのが、狼の群れだった。

ちょうど教会と地元の村人たちの狼狩りをしている現場だった。

悪魔がいる、ここに悪魔がいると、狂ったような司祭の声が耳の奥で騒がしく鳴り響いている。

彼のそばにいる大柄な男。松明《たいまつ》や懐中電灯をもった村人たち。

『銀狼をさがせ。彼を殺せば、侯爵家の財産が手に入る。教会にも寄付する。だから悪魔の化身と言われている銀狼をさがしだし、何としても殺すのだ』

誰かがそんなことを言っていたのをはっきりと記憶している。

目を閉じると、その日のことがあざやかによみがえってくる。

追いかけられている狼の一群。銃を持った人々に狼の群れが追いつめられている。

そのとき、銀狼——狼の王が現れ、仲間の狼たちを守ろうとした。

今にも飛びかかろうとする狼たち。そこにいた猟銃をもった男たちが次々と銃を放つのだが、銀狼だけはどれほど撃たれても息絶えることがなく、司祭や男たちに迫っていった。

逃げまどう司祭、男たち。

その姿を目撃し、愛生の両親は恐怖のあまりパニックを起こし、車を発進させてその場から逃げようとした。だが村人たちの仲間だと思われたからだろうか、狼の王の仲間がワゴンが車を追ってきた。

『うわあ、助けてくれ！』

父はやみくもにワゴン車を反転させると、後ろから追ってきた狼たちを次々と車で撥《は》ねていった。

次々と息絶えていく狼たち。

息絶えた瞬間に、なぜか狼たちが人間に姿を変えていく。なにが起きているのかわからない。

『パパ、やめて、狼たちを殺さないで。パパ、お願いだから』

愛生は驚いて後ろから父に声をかけた。だが助手席で母が泣き叫び、父は冷静さを失って、さらに何頭かの狼を車で撥ね飛ばしてしまった。

すると死んでしまうたび、狼の遺骸が人間の遺体へと変化する。古めかしいドレスを着た女性や、古い時代の召使いのような装束をつけた男性に。

『どうして……どうしてこんなことに』

確かに狼を轢いたはずなのに、死体が次々と人間に変わっていくことに、父も母も混乱している様子だった。

それでも父は狼を轢くことが止められない。

狼の王はそのことに気づき、ワゴン車に飛びかかってきた。血まみれになり、何発、銃に撃たれても死なない巨大な銀色狼。

父が彼を撥ねようとしたが、するりと狼の王がワゴン車の上に飛び乗った。何とかそれを振り落とそうと父が大きく車をスピンさせた次の瞬間、タイヤが道を踏み外し、ワゴン車は一気に泉のそばの滝壺に落ちていった。

ものすごい衝撃。愛生は車が滝壺に落ちる寸前に窓から反動で飛びだし、草むらに転がり落ちていった。

気がつけば、両親は車ごと滝壺のなかで溺死《できし》。泣いている愛生の前に、横たわっていたのは、車から外れた車軸がぐっさりと左の腿に刺さって倒れている男性——ルドルフだった。

(ここで……パパとママが……)

記憶からよみがえってくる。あのときのことを。

死んでしまった両親。泣き叫んでいる愛生。ルドルフは顔をゆがめながら、自分の脚から車軸をひきぬいた。

血にまみれていたその姿が愛生の前で銀色狼——狼の王へと変化する。

『パパ、ママ……起きて……あっ狼さん、早く血を止めないと』

泣きじゃくっていると、狼が近づき、狼の王が愛生ののど元に牙《きば》を向いた。

そこまで思い出した瞬間、ふっと愛生は枯葉の上に倒れこんだ。

愛生の両親は、狼の王——つまりルドルフに追い詰められて死んでしまった。殺されたようなものだ。

その一方で、愛生の父親は、狼たちを殺してしまった。死んでしまった狼がどうして次々と人間に姿を変えたのか。

呪いによって、彼の家族、一族、使用人たちが狼に姿を変えたとルドルフは言っていた。だとしたら、死んだことで呪いが解け、人間にもどったに違いない。

そのことをもちろん父は知らない。だから驚き、パニックになったのだろう。

（結果的に……パパはルドルフの家族や使用人を殺したことになる）

だから彼は愛生をも殺そうとしたのか。

そのときの記憶がはっきりとよみがえってきた。

ルドルフは両親の仇《かたき》。そして自分はルドルフの一族の仇の一人息子……。

（俺は……彼が両親の仇だってことも忘れて……あのあと、狼の王さま王さまと……彼を慕っていたのか）

狼に抱きつき、一緒に眠ることに幸せを感じて、両親のことなどすっかり忘れて、彼に甘えて、彼といることに喜びを感じていた……。

（記憶を消したと言ってたけど……まさかルドルフさまは俺の記憶を消して……）

両親が殺されたときの記憶を消した。

いや、その前の両親と過ごしていた時間の記憶もすべて。どうりで、プラハの街をなつかしいと思ったはずだ。ヴァイオリニストを見て、切ない気持ちになったはずだ。

(ひどいです、ルドルフさま……どうしてそんな残酷なことをしたのですか)

両親の仇だという事実を忘れたまま、彼を慕ってしまうようなことに。彼も彼だ。一族の仇の息子をどうして助けたりしたのか。

そんなことをしなければ、すっかり過去を忘れて彼を愛してしまうようなことにならなかったのに。

(俺……俺……どうしたら)

頭が混乱し、どうしていいかわからない。

胸がつぶれそうなほど痛いのに、昔のことを思い出して哀しくてしかたないのに。

泣くことができない。

そう思ったとき、ふいに馬のいななきとサクっ……と、雪を踏みしめる蹄の音が聞こえてきた。

「——っ」

ふりむき、一瞬、息を呑む。

木々の間から現れたのは、漆黒の馬に乗ったルドルフだった。

冷たいまでに整った、理知的な美貌の男。冷然とした目とこちらの視線が交錯する。

「ユリエからおまえを迎えに行けと言われたんだが。……タロを連れて、彼女は先にプラハの家にむかっている」

「……ルドルフさま」

無感情な風貌。その表情からは触れただけで皮膚を切り裂いてしまいそうな刃物のような鋭さを感じる。ボヘミアの森は雪の夜の冷たい空気に覆われているが、ルドルフを見ていると、それ以上に氷結した湖の近くにいるような寒さを感じた。

「パパとママを殺したのは……あなただったのですか?」

愛生は震える声で問いかけた。

「悪魔の泉、悪魔の滝壺とも言うが……そうだ、そこでおまえの両親が亡くなった。その十字架はおまえの両親のものだ。おまえをここで拾った」

「そして一緒に暮らしたのですか。記憶を消して」

「いや、目を覚ましたとき、おまえは両親を失ったショックからすべてを忘れていた」

「あなたが記憶を消したのではなく、ショックから?」

「そうだ。なにひとつ、おぼえていなかった。名前もなにも。それまでのおまえの名前は、愛生ではなく、藍《あい》だった。藍色の藍。おまえの母親の好きな色だとか何とか。私はそれよりも愛生のほうがいいと思った。だから愛生という漢字を選んだ」

「日本語……知っていたのですか」

「長い時間を生きていると、退屈でどうしようもないときがある。だからおぼえた。おまえにも教えるつもりだった。本当はもっと長く一緒にいるはずだったからな。最初は人間社会にもどす気はなかった。すべてを忘れたおまえを一から育てようと思って」

「じゃあどうして」

「あるとき、森のなかへ迷いこんでこの泉に……おまえは、両親のことを思いだしてしまった。そして、泉に落ちてしまった。そのとき、高熱を出し、そのままだと死ぬと思ったから、おまえを人間社会にもどした。すべての記憶をなくし、一から人生をやり直させるため」

「……では……聖アウグスト院に寄付したのは？」

「おまえに国籍がなく、行き場がないと困ると思ったからだ。おまえから両親を奪った私のせめてもの贖罪《しょくざい》として」

「……そんなこと……しなくてよかったのに。優しい思い出なんてくれなくてよかったのに。のどを噛み切ってくれたらよかったのに」

「愛生……呪いはそう簡単なものではないと言っただろう」

「呪い？　どうして呪いと関係あるのですか」

「親の仇だとわかって……おまえは、私を愛することができるか？」

愛生は顔をこわばらせた。

「愛し合えない者が愛しあうようにしむけれられてしまう。それが呪いの本当の意味だ。私の呪いが解けない本当の意味も、解けなくてもいいと思っている理由も」

ルドルフが自分の両親を殺した。それなのに彼を愛することができるか——。

「私も同じだ。おまえの父が私の大切な親族と家族同然の使用人たちを、殺した。おまえの父は私の仇。そして私はおまえの両親の仇だ」

「じゃあ、どうして拾ったのですか。どうして俺を助けたんですか。俺をあのままどうして噛み殺さなかったのですか」

「言っただろう、おまえを見ていると、生にあこがれてしまうと。あまりに生き生きとしている。忌々しいほどの姿にムカつくと」

「腹が立つから、俺を生かしたのですか？」

「そうだ」

「わからない……あなたの言っている言葉の意味が。どうして腹が立つのに、嫌いなのに、ムカつくのに、生かして、優しくして、ぬくもりを与えたのですか」

「おまえが……生きていたからだ」

生きていたから――――？

「あの場にいた仲間が死に絶え、おまえの両親も死んだ。私を地獄に堕とそうとした司祭たちは逃げて、そこに残っていたのは、おまえと私だけだった。生きているのは私たちだけだった」

「意味がわかりません、だから生かした理由がわからないです」

「一人になりたくなかった……」

その言葉が胸に突き刺さる。

「ルドルフさま……」

ダメだ、涙が流れてくる。このひとがただの狼だったら、憎むことができた。けれどそうではない。人間と狼のあわいをさまよう孤独なひとだった。だから憎みきれない。

「ひどいです、こんな気持ちにさせるなんて。あなたは地獄《じごく》に堕《お》とされたほうがいいかもしれません。この世にいるよりは冥府《めいふ》のほうが合ってます」

「それならとうに冥府に落ちている。狼の呪いがかかったときに」

ルドルフはそう言うと、わずかに馬の鼻先をずらして、手を伸ばしてきた。

乗れということらしい。

「プラハまで送る。これで最後だ。おまえと会うこともない」

ためらいながらも、手をとる。ふわりと馬上にあげられ、鞍に座らされた。

ルドルフは静かに馬腹を蹴った。

彼が馬を蹴るのは右足だけだ。あとは手綱さばきで馬を走らせている。

さっき、思い出した記憶。間違いがないとしたら、あのとき、車軸が刺さったせいだろう。

ハヴェルはルドルフが事故に遭って、こんな身体になったと言ったけれど、事故というのはあれのことなのか？

（だから……このひとは……俺のことを愛せないのか。どんなにこのひとを愛しても、呪いが解けなかった意味……それはこのひとが俺を愛せないから）

淋しさから拾って、育てはしたものの、究極、愛することができない。だから呪いは解けないという意味なのか？

ルドルフは無言のまま森を進み、やがて遠くにプラハの中心地を一望できる高台にある屋敷の前で馬を降り、愛生を連れてなかに入っていった。

「ここは私がプラハに持っている館だ。今は誰も住んでいないが、ここで挙式をする」

美しい庭園。噴水。それから収穫されたばかりの葡萄。ワインの匂いがあちこちから噎せそうなほど漂ってくる。

森の奥の城や館とは違い、貴族たちの邸宅街にあるのだが、誰かが住んでいる気配はない。

庭先のテラスにあったベンチに座り、モルダウ川とその対岸の丘の上にあるプラハ城がライトアップされている姿を眺める。

「……おまえは……将来、なにになりたいんだ？」

ルドルフは問いかけてきた。

「なにって」

「……そのことは……ハヴェルたちに相談しろ」

「俺……あなたの世話には」

「いいから、タロの生きている間は私に甘えろ。仇とかそんなことにこだわらず。いずれにしろ、私にはありあまるほどの金があるのだから利用すればいい」

「わかりました。タロが生きている間は……」

そう言いながらも、本当はこのまま彼との関係を白紙にしていいのかどうかわからなかった。

「その間は、金が欲しければいくらでもハヴェルに言え。プラハに住むなら語学学校に行って、チェコ語を勉強するのもいいだろう。それからやりたいことを見つけて進学したいのならそうしろ。金銭的支援は惜しまない」

「……そんなこと……だったら、俺は……あなたとあの森で」

「バカなことを言うな。真実を知ったうえで、私とずっと関係を持ち続けるつもりではないだろう？」

愛生は口をつぐんだ。

「それにどのみち、私はおまえに欲情しただけだ。おまえは私の仲間の仇の子供なのだから」

「だったらいいのに、欲情して、ずっと相手をさせるだけでも」

愛生は吐き捨てるように言った。

「ずっと?」

ルドルフがちらりと横目でこちらを見る。

「それでも……私を愛しているのか」

「だとしたら?」

「ばかばかしい。親の仇の、狼人間を好きになるやつがどこにいる」

「ここにいるかもしれません」

自分で自分がなにを言っているのかよくわかっていなかった。

親の仇、自分から家族を奪った相手というのがわかっても、それよりもずっとこのひとのそばで過ごした時間が愛しすぎて憎めない。

「おまえは頼る相手がいないから、私に惚《ほ》れたと勘違いしているだけだ。おまえはちょうど抱くのにいい身体をしているだけ。だから求めていただけのことだ。だが、別におまえでなくてもいいと言ってるだろう」

「わかっています。だけど」

「おまえとなにかを分かちあう気はない。私はおまえを愛せない。何度言えばわかる。私がおまえにとって家族の仇であるように、おまえも私には憎むべき相手だ」

低く、冷徹さを孕んだ無機質な声。愛生は棘《とげ》のある眼差しでその横顔を射るように見た。

ルドルフはなにかの映画で見た死神のようだ。完璧すぎるほどの美貌。しかしこの男からは命のぬくもりや人としての情感のようなものが一切伝わってこない。

「憎むべきって……じゃあ、どうしてハヴェルはあんなことを言ってたのですか?　俺があなたを愛したら、あなたは一番欲しいものが手に入るって。それって呪いが解けるってことですよね。ということは、俺を憎んでないってことでは……」

「なにを勘違いしている。私は呪いを解きたいと思ったことはない。おまえから真実の愛をもらおうとも考えていない。なぜそれがわからない」

「でも……ハヴェルが……あなたが一番望むものを俺が……」

「だから答えが間違っている。なにか勘違いしたのだろう。確かに真実の愛は私の呪いを解くことができる。だが私が望んでいるのはそんなものではない」

「では……なにを」

問いかけると、ルドルフは手すりにもたれたまま夜空をふりあおいだ。空気が澄んでいるため今夜は恐ろしいほどきらきらとした星の明滅が見える。片方だけの目を細め、風が髪を乱すのも気にせず、じっと星々を眺めたあと、ルドルフは愛生に視線をむけた。祈るような、それでいてひどく冷めたまなざしを。

「私が真に求めているのは……死だ」

その低い声でささやかれた言葉に、愛生は耳を疑った。

「————っ死？」

死？　このひとは死を？

「死が欲しい」

「どうして……」

「疲れている、生きることに」

ルドルフはすがるように言った。

「死ぬこともできず、月が出ている間は、狼になるか、情欲を貪ることしかできない呪われた生。食べることも眠ることもなにもできない。それどころかなにか口にすると胃が灼けるように痛み、眠ろうとすると失ったはずの左目に呪いを受けたときの残酷な光景が映る。この忌まわしい人生から解放されること――それが私の願いだ」

「あなたは……死ぬことができないのですか?」

そのとき、愛生はハッとした。

司祭やその仲間が撃っても撃っても死ななかった銀色狼。愛生が食べる姿を幸せそうに見ていた彼。お茶を口にせず、香りだけしか味わわなかった。それに長い生を退屈だと言っていた彼の言葉。

「時間が止まったままだ。他の狼たちも不老不死ではあったが、彼らは私と違って肉体的なダメージを受けたら呪いが解け、人間になって消滅した」

そうだった。だから父は驚いて……。

「だが、私はどんなダメージを受けても死なない。この目や腿の疵のような大きな負傷は障害となって残っているが、銃弾のあとや軽い怪我は跡形もなく消えてしまう。そして年をとることもなければ朽ちることもなく永遠の時間をさまよわなければならない。食事も必要ない。眠ることもない。悪魔として司祭が私を倒そうとしたのは、そんな噂を耳にしたからだ」

そういえば、彼がなにかを食べるのを見たことがない。彼はこれまでなにも飲んでいない。

「五百年前、狼の王の返り血を浴びたのは……私だ」

「え……」

ルドルフは愛生の手をとった。そして耳元で問いかけてきた。

「見えるか？　眠りにつくと私の左目に現れる映像だ」

ルドルフの手のひら。そこから流れこんでくるなにかが次々といろんな映像を脳内に浮かびあがらせる。

十年前と同じように、司祭が狼の王を呪っている。悪魔の使徒だと言っている。

シャワーのように降りかかる狼の血。銀色狼が抵抗し、最後の力を振り絞ってルドルフに飛びかかろうとして、その目に疵をつけた次の瞬間、雷が大きくとどろいて、ルドルフの身体を貫く。

ルドルフの前で、母も父も村人も全員が狼に変化している。

「狼の王との約束を反故にした父。狼の王を殺した一人息子の私は、彼の血を浴びたあと、狼の王として生き続けることになった。それからどのくらいの時間が過ぎたのか」

胸がはりさけそうに痛む。このひとにかけられた呪いが哀しくて悔しくて。

「ハヴェルの祖先にあたる一家だけは、当時、森にいなかったので狼になることはなかった。その後、彼らは侯爵家を影で支える一族になった。代々侯爵家に子孫が誕生しているように世間の目をごまかす手続きをしながら」

言葉が出てこない。あまりに残酷で。

「それからあと、あの城に入れるのは、森が許した人間だけとなった」

「では今まで送りこまれた女性たちが行方不明になったのは……」

「森の呪い、狼の呪い。入りこめず、さまよって……人間社会にもどったが、森のなかで見たことはすべて忘れ去ってしまった。誘惑しようとしながらも、私に近寄ることすらできなかった者たちだ。

その姿を、私は森の奥からじっと冷めた目で見つめていた」

「では、俺は森があなたに近づくことを許した相手なのですか」

「そうだ、私を呪うために。だから虫酸が走ると言って追い返そうとしたのに」

最初に冷たくした理由。そうだったのか。

「では、一番望んでいるのが死だとしたら、呪いを解くというのは、死を指すのですか」

「……私にもわからない。いっそおまえが殺してくれたらどれほどいいか」

だから、マフィアに狙われたとき、このひとは幸せな顔をしたのか。

死ねない運命。けれどもしかすると死ねるかもしれない。そんな恍惚とした笑みだったというのが
今にしてわかって胸が痛くなってきた。

「いっそ殺せ。愛生、私はおまえの親の仇だぞ」

「どうやって殺せばいいのですか。死なないのではないですか」

ルドルフはなにもかもあきらめたような顔で微笑した。

「なら、私を忘れろ。殺せないのなら」

何という残酷なことを言うのだろう。そう思った。

「できません、あなたを殺すなんて……俺は……」

親の仇ではあるが、同時に命の恩人だ。それに名前と人生を与えてくれた。その相手をどうして殺せるだろうか。

「それなら今夜が最後だ。愛生、おまえは私とは別の世界で生きていく。私はユリエと結婚する。それでいいな」

7　眠り姫のように

『もうこれで終わりだ、愛生』

ルドルフからそう言われて、彼の持ち家のひとつに送られたのは、昨夜遅くのことだった。

ルドルフが愛生のために用意してくれた一軒家は、プラハの観光地から少し離れた場所にある住宅街の一角だった。

すでにタロは到着し、ヨナシュに世話をされて眠っていたので、愛生もタロの隣で眠りにつこうとしたのだが、ルドルフの声が耳から離れなくてなかなか寝つくことができなかった。

『いっそ殺せ。愛生、私はおまえの親の仇だぞ』

何でそんなことを言うのか。死なないのに、なにをしても死ぬことができないのに。

『なら、私を忘れろ。殺せないのなら』

あの哀しそうな声。五百年も呪いがかかったまま、さらには一族の多くを殺されてしまった彼。

これ以上、生きていくのが辛そうだった。

（結婚したら……呪いが解けるのですか？　それならもう寿命を手に入れることができますよね？　だから哀しい顔をしないでください。ユリエさんと結婚して呪いを解いてください）

自分にはそれを祈ることしかできないから。

彼が愛してくれない以上、どれほどこちらが彼を想っても呪いを解くことはできない。

彼は、一族の仇の息子の愛生を愛することはできないのだから。

そんなふうに自分に言い聞かせてタロのそばで眠れない一夜を過ごしていると、朝早く、ハヴェルが朝食をもって訪ねてきた。

「愛生さん、ルドルフさまからこれをあずかっています。この家の権利書です」

「この家って」

「あなたへの餞別《せんべつ》としてプレゼントしたいとのことです。両親を亡くしてしまったあなたへのせめてもの贖罪として。隣のマンションはルドルフさまがオーナーですが、収入はそのままあなたの口座に入るようになっています。あちらには、侯爵家のワインを販売している店、それからレストランがあり、上にはプラハの富裕層が暮らしていますので、けっこうな収益になります」

「ちょ……待って……どういうことですか」

「生活費、学費の足しにしてください。タロの医療費にも」

なにもかも至れり尽くせりだ。

ルドルフに申しわけないという気持ちになったが、断るよりも、彼がそれを望んでいるのなら、その金で語学学校に行って、チェコにある獣医大学に入ろうと思った。

(……獣医になろう。彼のように、犬や狼の命を助けられる獣医に……)

そしていつかあの森に生きる狼たちを守れるように。今も生き残っている狼たち。父が殺した多くの狼たちへの贖罪もかねて。

それと同時に、自分はこうしていると、狼や犬と一緒にいることが一番自然な気がしてくるのだ。

狼の王への愛情、ルドルフへの気持ち、それからタロへの愛しさ。

「じゃあ、タロ、病院に行こうか。ルドルフさまが新しい病院を紹介してくれたから」

午後、外に出ると、優雅な街並みが雪に覆われていた。

クリスマスマーケットが建ち並ぶシーズン。

時計塔の前に設置された巨大なクリスマスツリーが電飾を纏って虹色に輝き、多くの店であたたかな食べ物を売ったり、仮設舞台で賛美歌を歌う合唱が聞こえてきたりしている。

東欧から一斉に出稼ぎにきているのか、あちこちからいろんな国の言葉が聞こえてくる。観光客もたくさんきていて、ライトアップされたプラハの町はとてつもなく美しい。

もう動けなくなったタロをペットバギーカーに横たわらせ、しんしんと雪が降る石畳を歩き、愛生はルドルフが紹介してくれた病院にむかった。

こじんまりとした小規模の病院だったが、白衣を着た優しそうな医師や看護師たちが真摯にタロの診察をしてくれた。

医師は、タロの血圧が下がっているので少し入院させたほうがいいと勧めてきた。

「ここのところの小さな腫瘍《しゅよう》もとりたいし、数日間ほど、うちであずかっていいかな。侯爵からの診断書にも、そのように記されている」

「ルドルフ……いえ、侯爵がそのように？」

「ああ、これまでの経過についてすべて細かく記してくれている。彼は開業はしていないが、狼や犬の症状については、誰よりも知識のある獣医だと思う。すばらしい知識だ」

その言葉に愛生は少し首をかしげた。

ルドルフは不老不死で五百年前から生きていて、さらに月夜には狼になってしまうため、できるだけ他人と関わらないように生きてきた。ひとつ間違うと、十年前の司祭のように悪魔として迫害されてしまう可能性があるからだろう。

だが獣医大学を卒業したと言っていたし、ワイン事業や不動産事業にも手を出している。ハヴェルたちに事業の管理は任せているようだが、獣医の資格をとったり、愛生が国籍取得できるよう協力したりするのは、ずいぶんと危険な橋渡りをしてきたようにも思う。

「あの……侯爵とお会いになったことは？」

「大学の後輩なので、メールでやりとりをしたことはあるが、お会いしたことは……。今回のこともメールで何度か。おかげで治療の方針もすぐに決められてよかったよ」

「大学の後輩ということは、侯爵は、最近、獣医の資格をとられたのですか？」

「ああ、私の二年後輩のようだから、大学に入ったのは九年前ということになるな」

九年前……ということは、愛生を手放したあとだ。

（そうか……あのあと……ルドルフさまは獣医大に……）

あのときの出会いが愛生の人生だけでなく、やはり彼の人生も変えていたのだということが何となくわかった。だから獣医になったり、施設に寄付したり。

「それでは、タロのこと、どうかよろしくお願いします」

タロを頼んだあと、愛生は獣医に思い切って言ってみた。

「あ、そうだ、先生、俺、獣医になりたいんです。今度、進学の相談に乗ってくれますか。この国の獣医になりたいんです」

「ああ。いくらでも。ただしチェコで獣医になりたいなら、チェコ語を話せるようにしなさい。ドイツ語だけではダメだ」

獣医に言われ、その帰り道、愛生はチェコ語の語学学校をのぞいてみることにした。

市内にある有名な語学学校。そこで必死にチェコ語をマスターして、来年の九月、獣医大学に入れるようにがんばってみたい。

「すみません、申込書とパンフレットください」

「はい、こちらがその書類よ」

カウンターの女性から申込書の一式が入った紙袋を受けとったそのとき、ふいにロビーのむこうから耳に飛びこんできた言葉に、愛生ははっとふりむいた。

「ミルイチェ――――」

その言葉。ルドルフが初めて愛生を抱いたときに言った言葉だった。カフェスペースのソファで若い男女がささやきあっていた。

「それ、チェコの人の名前ですか」

愛生は思わず彼らに話しかけた。

「えっ……」

「ミルイチェって……今……」

すると彼らはおかしそうに目を合わせたあと、その意味を愛生に説明してくれた。

「ああ、これはドイツ語で言うと、イッヒ・リーベ・ディッヒ、英語だと、アイ・ラブ・ユー、フランス語だとジュ・テームね」

ドイツ語では、イッヒ・リーベ・ディッヒ――愛しています。

『ミルイ・チェ……ミルイ・チェ』

ルドルフは自分にあんなことを。初めてのときからずっと……。

どっとこみあげてくるものに急に胸が苦しくなってきた。

よく苦しそうな顔をして自分を見ていたルドルフ。切なげな、やるせなさそうな色を片方しかない目に浮かべて。ではあなたは……やっぱり俺のことを？

彼の呪いを解かないとと必死になってその腕にすがっていたときは、まだなにも知らなかったから、自分の愛があればいつか呪いは解けるかもしれないというおごりがあった気がする。

でも今はどうしていいかわからない。

愛しくは思ってくれている。けれど彼のなかに自分を愛せない究極の理由がある。

『真実を知って、私を愛することはできないだろう。それが呪いの正体だ』

今ならあのルドルフの言葉にはっきり返せる。それでも俺はあなたを愛せる。あなたを憎むことなんてできない。両親のことは哀しいけど、同じくらい、ううん、それ以上の愛であなたが俺を包んでくれたと思うから。

お願い、教えて。あなたも俺を愛してくれたんだよね？　だけどやっぱり仇の子供だから愛せないと思うようになったの？

それとも、もう愛なんて必要なくて死にたいだけなの？

だけどユリエさんと結婚するから、そんなことはもうどうでもよくなってしまったの？

あなたがわからない。わからない。わからない。

「お願い……教えて……本当の気持ち……教えて……」

愛生はいてもたってもいられなくなって、プラハ郊外にある彼の本宅へとむかった。

もうまもなく新月になる。そのとき、そこでユリエと結婚すると言っていたからだ。

けれどそこは誰も住んでいる気配がなかった。

呪いがかかってから、もうずっと街中に住んでいないと言っていたが、その館には、最近、人が住んでいるような痕跡も、これからも誰かが住もうとしているような痕跡もない。

その館は廃墟のようになっていて誰もいない。ルドルフもユリエも、ハヴェルもヨナシュも。

一体、ルドルフはどこで結婚する気なのだろう。愛生は不安になり、ユリエに電話をかけた。

『結婚？　ちょっと待って。あなた……そんな作り話をまだ信じているの？』

ユリエは愛生からの電話に驚いたような声をあげた。

「だって、ルドルフさまはユリエさんと結婚すると言ってたから。次の新月の夜に。狼のままの彼をあなたが受け入れてくれるからと」

『なにを言ってるの。あなたがルドルフさまを愛していると言ったから、私は神に感謝を伝えたあと、悪魔の泉への道を教えたのよ。そこで真実を知ったでしょう？』

ユリエの言葉の意味がわからない。彼女は、真実を愛生にわからせ、ルドルフをあきらめさせるためにあそこに導いたのではなかったのか？

「だから別れたんです。ルドルフさまが迎えにきて……互いに仇同士だとわかったから」

ルドルフがそれを望んだから。ふたりは愛しあえない運命だと言わんばかりに。

『ふざけないでよ。何でそんなことになっているのよ。あなたなら、真実を知っても、ルドルフさまを愛してくれると思ったから、あの場所に送り出したのに。ああ、神よ、何てことを』

ユリエはひどくショックを受けていた。

「え……ではあなたは……」

『ルドルフさまはね、あなた以外、愛したことがないのよ。私と結婚するなんて嘘。私はあなたと別れるために利用されただけ。そういえば、あなたが離れていくと思ったからでしょう』

「それ……本当ですか」

『頼まれたのよ、ルドルフさまに婚約者の振りをしてくれって』

「どうして……」

わけがわからない。何で彼はそんなことをする必要があるのか。

『あなたと愛しあうのが怖いからでしょう。あなたが自分を受け入れてくれないと思いこんでいるから。あなたがまさか親の仇の自分を愛してくれるとは思っていないから』

「それなら、どうすればいいのですか、俺は……」

だとしたら、彼はやはり自分のことを憎んでいない。家族の仇の息子として憎んではいない。むしろ愛してくれている。

『あなたは親の仇だとわかっても彼を愛せるのよね』

「ええ、もちろんです。彼が好きです。だけど……どうして彼は俺の愛を拒んだんですか」

『……恐れているのよ。あなたを自分の運命に巻きこむことに。自分の呪いを解くことよりも、なによりも、彼は……あなたの人生を自分の呪わしい人生の犠牲にしたくないのよ』

「俺は犠牲なんて思いません。俺のために、俺が幸せになるためにも、彼の呪いを解きたいです。もし俺にそれができるなら……なにを捨ててもかまわないのに。命だって惜しくないのに」

愛生は祈るような思いでユリエに訴えた。ユリエは静かにかえした。

『呪いを解く鍵はひとつ、あなたが狼の王の花嫁になるのよ。ルドルフさまではなく、狼の王のつがいに。意味はわかる？』

「つまり……狼と寝ろということですか？」

愛生は単刀直入に訊いた。恥も見栄もなかった。

『そうよ、そのとき、呪いが解けるという話よ。あなたが親の仇だということを乗り越えて命がけで彼を愛し、彼が仲間の仇だということを乗り越えて命がけであなたを愛し、狼の王が真実の愛を得たとき、呪いが解けるの』

ルドルフという人間ではなく、狼の王の伴侶《はんりょ》になる。

仇だということを乗り越えて、彼の花嫁になる。命がけで。

（……わかった、俺……何でもする）

はっきりとそう決意したとき、愛生は自分のいるテラスの横にある庭に人型のブロンズ像や大理石の彫刻が十数体あることに気づいた。

庭園かと思ったが、よく見るとそこは侯爵家の私設の墓所だった。

傍らには礼拝堂。

ちょうど雪がやみ、さらさらと風が吹くたび、木々の枝から雪の小さな塊が流れ落ちていくなか、ミステリアスで不思議な空間が広がっていた。

チェコ……というより、東欧の墓はおもしろい。

個性的というか、それぞれの生前の生きざまを描いた墓石や彫刻が建っていることが多いのだ。

静謐《せいひつ》な空間のなか、ギリシャ神話や聖書をモチーフにしたような彫刻たち。

侯爵家の墓石は、どれも絶対的で、優雅で、ひとりひとりの個性にあふれている。

こんなにも芸術的な彫刻が墓になっていていいのだろうかと思うほどだ。しかし彼が永遠に眠りにつけない場所だと思うと、その美しさがかえって虚しいものに感じられた。

だが、ここは彼の夢の場所なのだ。この廃墟のような館のなかで、ここだけがなぜか、整然と手入れがされているように整えられている。しかもこの様子だと、つい最近手を加えられたように見える。

(本当にあのひとは哀しいひとだ……死が得られないからって……ここだけ手入れしたりして)

ルドルフの性格が、何となく愛生には理解できる。

広々としたプラハの邸宅内にある墓地だけ、どうしてこんなにも綺麗に整えられているのか。それは死を望めない彼のささやかな祈り。少しでも死に近づきたいという。

「バカなひとだ……本当に……。そうだよ、バカは俺じゃなくて……あなただ」

また涙で目頭が熱くなる。胸が締めつけられ、彼への愛しさがどうしようもないほどこみあげてきたそのとき、墓地の墓石のなかに一体、この世のものとは思えないほど美しい彫刻を発見した。

(何だろう……これは……)

白い大理石の彫刻——その下に漆黒の御影石《みかげいし》。

チェコ語でタイトルの記されたそれは、愛しい人という金文字が刻まれていた。

(これは……まさか)

息を呑み、愛生はひざを震わせた。

狼に抱かれた少年。それは、その昔の愛生の姿を形にしたものだった。

「……っ!　……ルドルフ……さま」

真っ白な大理石には、狼に抱かれた愛生の姿が彫刻され、漆黒の御影石には、黄金の文字で愛生とルドルフの名が篆刻《てんこく》されている。

どうして彼はこんなものを……。

しかしその意味がすぐに思いあたり、胸をやぶりそうなほど激しく心臓が脈打った。

『ミルイ・チェ、ミルイ・チェ』

そうだ、もうとっくにわかっているではないか。ルドルフは狂おしいほど自分を愛している。

そうだ、だからあんなことを言ったり、こんなものを作ったりして。

ルドルフ————っ!

ダメだ、熱いものが喉元までこみあげ、ぽろぽろと大粒のしずくがほおに落ちていく。

「う……っ……うう……ルドルフ……さ……」

指先で目頭を押さえながら、愛生は彼らに背をむけて、雪の降るプラハの街に飛びだした。

わからない。あなたがわからない。わからない。だから苦しい。

胸が痛くて、わけのわからない衝動がぐるぐると身体中に渦巻いて、冷たい雪や風など何ともないほど熱い涙がほおをぐっしょりと濡らしていく。

抑えがたい恋しさだけが募ってくる。

そのとき、またハヴェルの言葉を思い出した。

『ルドルフさまは、幸せになるのを拒んでいらっしゃるのです』

幸せになるのを望んでいない？　生命力に満ちた愛生といるのが辛い？

愛されることを恐れている？

なぜか呪いを解きたいと思わないと口にしていたルドルフ。

「どうして……何で……何で……あなたは呪いを解こうとしないの？」

彼は自分を求めている。おそらく、子供のとき、愛生を拾い、一緒に過ごしたなかで、彼は人間らしい感情を得たのだろう。

けれど喪ったものが多すぎて、幸せになってはいけないと思っているのだろうか。

いや、多分、彼は愛生を犠牲にしたくないと思っているのだ。それが愛生には痛いほどわかる。

永遠に続く生からのがれることを夢見ていながら。呪いが解け、安らかに眠れる日を夢見ながら。

その証として、愛生と過ごした日々を彫刻として墓石に刻み、自分が永遠の眠りにつくときの思い出にしようとこんなふうに造ったのだ。

「バカなひとだ……。俺……こんなの見たら放っとけなくなるのに。あなたへの愛に生きていくことしか考えられなくなるのに」

（俺に助けてさせてください。俺にできることをさせてください。俺があなたを助けます）

愛生は胸で強く決意したあと、ハヴェルに電話をかけ、ルドルフに会いたいと訴えた。

「ユリエさんから真実を聞きました。もう彼の嘘にはだまされません。俺とむきあって欲しいと伝えてください。お願いします」

『わかりました、ルドルフさまにお伝えします。彼からの連絡をお待ちください』

だが、彼からの返事はない。

愛生はいてもたってもいられなくなり、タクシーに飛び乗ってボヘミアの森へとむかった。

森がもしも自分を選んでくれるのなら、またルドルフのもとにたどりつけるはず。

（お願い、呪いがあるのなら、俺も呪ってください。だからどうかルドルフさまに会わせてください。お願い……ルドルフさまに……）

そのとき、自分はすべてを乗り越えて、彼の花嫁になるから。

森の入り口でタクシーから降り、かつて歩んでいったように愛生は、視野一面の大雪を踏み分けて森のなかへ進んでいった。

白い闇。果たして森は自分をルドルフのところに導いてくれるのか。

ルドルフは森のなかのことなら見えると言っていた。きっと愛生が森にいることに気づいてくれているはずだ。

そう信じて突き進んでいく。頭上から再びはらはらと雪が降ってくる。

大粒の雪。しんしんと世界を閉ざすように降りしきる雪が原生林が繁茂する森に暗い影を落としていく。

数十センチほどの雪に何度も足をとられながらも必死に森の奥へ歩いていく。転んでは起きあがり、転んでは起きあがりをくりかえして。時折、木々の間から落ちてきた雪が愛生の頭から降りかかり、雪に埋もれそうになりながら。

そうしてどのくらい進んでいったか。

しばらくして真っ白な雪の木々の間から、馬に乗ったルドルフが現れた。

「……なにをしにきた」

あきれたような声で言うルドルフ。そのとたん、どっと胸の奥からつきあがってくる情動に、また涙が溜まってきた。

抑えがたい恋しさが狂おしく愛生の全身からこみあげてくる。

「よかった、俺……あなたに会いたくて……あなたの……花嫁にしてもらうつもりで……」

泣きじゃくりながら、ルドルフの前までとぼとぼと歩いて進む。

「何だ、その雪だるまみたいな格好は。頭にも身体にも雪を積もらせて……シロクマの子供が現れたのかと思ったぞ」

馬から下りて、揶揄しながらもルドルフが愛しげに愛生の身体を抱き寄せ、身体中の雪を払ってくれる。その口の悪さ、意地悪い物言いが愛しかった。

そうだ、このひとはいつもそうだ、愛しさを裏返すように、意地悪ばかり口にして。五百年も生きているくせに、愛生よりも不器用だと思う。だからよけいに彼が愛しい。こちらがもっともっと歩み寄って、何とかしないとという気持ちになって。

愛生は涙と雪に濡れた顔を手の甲でぬぐい、ふわっとした笑顔を彼にむけた。

「ルドルフさま、俺、今度こそ花嫁になりにきました。俺と結婚してください」

その言葉にルドルフが目を見ひらく。

「狼の伴侶にしてください。銀狼のつがいになります。だから狼の姿で、今夜、月が出ているときに俺を抱いてください」

ルドルフが眸を大きく揺らす。一体、なにを言い出すのかというような非難混じりのまなざしで。

「そして呪いを解いてください」

懇願するように言った愛生に、ルドルフは深く息をついた。

「だめだ、呪いを解くのはそれだけでは無理だ。もうひとつ……条件がある」

「え……」

ルドルフは静かに、突き放すように言った。

「つがいと決めた相手……心底、愛しあった相手を狼の姿で抱いたあと、その相手が孕めば、呪いは解ける。だが孕まなかった場合は、おまえの心臓を食べなければ私の呪いは解けない」

「な……」

愛生は目を見ひらいた。命がけの意味……。そこにそんな行為が含まれていたのか。

「子供ができたときだけ、ふたりは生きることができる。だか、できなかったとき、その相手を殺さなければ私の呪いは解けない。おまえの心臓を食べなければ……」

そういうことだったのか。相手が女性だった場合は、二人で生きていくことも可能だが、愛生が相手ではそれは許されない。男同士で子供ができるわけがないのだから。

「……だから、私はおまえを愛したくなかったし、おまえからも愛されたくない。狼の姿でおまえを抱きたくない理由……その意味がわかるな？」

愛生はふっと笑った。

「それって、結局、俺を愛してるってことじゃないですか」

「……愛生……」

「なら、遠慮しないで、俺を食べてください」

「愛生……」

「俺を食べて。俺を抱いて、心臓を食べてください。俺、残念ながら孕めません。でも心臓を贈ることができるなら、そんなうれしいことはないから」

ひどくすっきりした気持ちになった。なにもできないのではなく、できることがある。それがどれほどうれしいか。

「どうして……そんなことを」

ルドルフが驚きで震える。

「両親のこと、大好きだったし、子供のとき、とても幸せでした。でも俺は……俺は……あなたが親の仇だと思えないし……何より」

そこまで言うと、眸に涙があふれてきた。またぐっしょりとほおが熱くなってくる。もう涙が止まらない。

「あなたのいない人生なんて考えられません」

「愛生……」

「俺を抱いて。食べて。……そのあとタロを看取って……そして寿命をまっとうしてください」

愛生は涙声で言った。

「だめだ、なにを言う」

「どうせ呪いが解けたら、あなたもいずれ死ぬんです。生を貫いたら死ねるんです。俺が最初に逝って、タロが逝って、そのあとあなたが逝く。それでいいじゃないですか。呪いを解くんです。お願いだから」

彼をじっと見つめて頼む。

「だが……愛生……そんなことは私には……」

「あなたに助けられた命です。あなたに食べられたい。でないと、無駄死にします。このまま死にますよ」

愛生はほほえんだ。

「だからその前に、あなたが殺してください」

「愛生……」

「呪いを解いてください。死ねますよ、あなたの一番望んでいるものが手に入ります」

祈るような愛生の言葉に、彼はやりきれないように息をつき、背を抱き寄せてきた。

「……っ」

強く胸に抱かれ、そのぬくもりのなかに包まれる。愛生はルドルフにしがみついた。

「おまえは本当にバカなやつだ」

唇を吸われる。そのとき、気づいた。何のために自分が生きてきたか。愛のために生きるとは、愛のためになにもかも乗り越えられること、死さえも。

「バカじゃないです。愛のために生きているんです。あなたがそう名づけたんです。一緒に天国に行

きましょう」

笑って言うと、ルドルフが「そうだな、一緒に天国に」と言って愛生を抱きしめる。

愛生はルドルフの背に腕をまわして、静かにまぶたを閉じた。


狼に変化したルドルフに抱かれ、彼の花嫁になって、彼に食べられる。

愛生はルドルフの寝室にむかった。

裸になり、ベッドで横たわっていると、狼が現れる。

子供のころ、愛生を守ってくれた銀色の狼。狼が身体にのしかかり、後ろから首筋を舐めながら、挿りこんでくる。

「ん……く……っ」

固く張りつめた狼の亀頭が、愛生の狭隘《きょうあい》な窄まりを割って奥に沈みこんでくる。

肉の扉がこれ以上ないほどひらいたかと思うと、ずるずると襞をまくりあげ、猛った狼の牡が内部を埋めつくしていく。

「っん……あぁ…」

苦しい。けれどうれしい。ルドルフの呪いがこれで解けるのだと思うと。

人間ではない牡の性器にひらかれ、体内を裂かれる痛みに身体が粉々に破壊されそうな気がする。

狭い肉を押し広げる圧倒的な質量。体内で膨張する獣の熱い塊が痛い。

「ん……っあ……あぁ」

追いだそうと抵抗する環を熱い怒張が圧し広げ、肉を埋めこんでいく衝撃に、愛生は歯を食いしばり、きりりとシーツに爪を立てて耐える。

「あ……ん……う……あぁぁ——っ」

生まれて初めて獣に挿入された。

人間のものよりもずっと長大なそれが内臓を圧迫して苦しい。しかし。

「愛している《ミルイ・チェ》……愛生」

前に聞いた言葉が耳元でささやかれる。

チェコ語の愛している。今ではその言葉の意味がわかっている。

「俺も……同じです」

ぐいと彼の身体に内腿を割られ、灼熱の肉棒にさらなる奥を突き穿たれた。

「あう……っ」

入り口のきわどい粘膜に硬いこぶのような突起が当たり、熱い痺れが脳まで駆けのぼる。

人間だったときのルドルフとはまるで違う。ああ、自分は今、銀狼の花嫁になるのだと喜びで胸が満たされた。

「っ……あ……は……んっ」

獰猛にねじこまれ、ぐいぐい突き刺されていく。

懐かしい銀色の毛。毛で覆われた獣の前肢が愛生の身体を後ろから押さえつける。

そのたびに獣の息が首筋を撫で、背筋がぞくりとする。

たまらず甘い声に、のどが鳴った。

「あぁ……ん……んんっ」

もっともっとと刺激をねだるような、媚びるような自分の声。

どうしたのだろう。あまりに大きくて苦しいはずなのにちっとも苦しくない。

それどころか快感のまま、とろとろの雫があふれでている。

したたかに漏れた蜜が内腿を伝い、ぽとぽとと音を立ててシーツに落ちていった。

「気持ちいいのか?」

揶揄するような声が鼓膜に響く。

「すごく……幸せで……うれしくて心地よくて」

ルドルフが自分の内側にいる奇跡。愛しくて愛しくて忘れられなかったひと。

「あぁ……あ……あ」

獣が後ろから突いてくる。狼の長い射精が始まった。

「あ………っああ……苦しい……」

「耐えろ、もう少しだ」

大量の白濁が行き場を失い、愛生の体内であふれている。その熱さにああ、彼と結ばれたのだという実感がこみあげてくる。内腿に雫が伝うたび、腰を揺らして快感に身悶え、狂ったように乱れていく。

長く続く行為の間、決して離れることがないように、狼のこぶのようなものがなかなか萎もうとはしない。吐きだしたあとも愛生の体内で脈打ち、果てしない快感で満たそうとしてくれている。

「いい……あぁ……や…っふ…ああぁっ」

もっとそこにいて。もっと埋めつくして。これで呪いが解けるのだから。

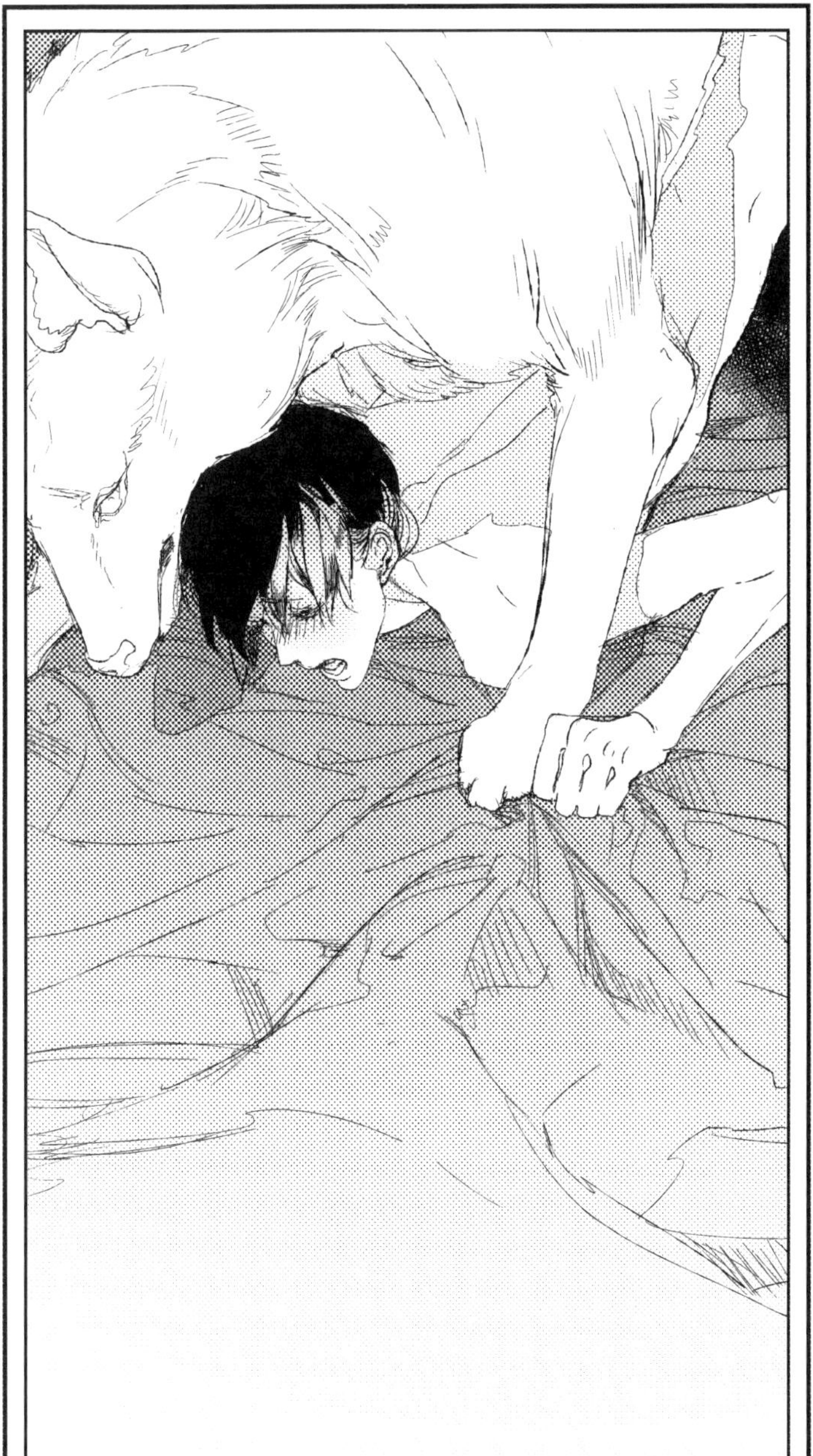

そしてそのまま心臓を食べて。

「幸せだから……俺……幸せだから……ああ……っ」

体内がルドルフの精液で満たされていく。これでいい。きっと幸せなまま逝けるから。

天国で待っているから。タロを連れて、あとからやってきて。

祈るような思いで、愛生はルドルフに組みしかれながら甘い声をあげ続けた。

もう二度と目覚めることはないと思いながら。


しかし翌朝、愛生はベッドのなかで目を覚まし、自分が生きていることに驚いた。

「どうして……」

どうしてそんなことに……。

そのとき、枕元にメモが置かれていることに気づいた。

——愛生……ありがとう。おまえがこれを見るとき、私はこの世から消えているはずだ。呪いが解けたら、私の時間が動き出してしまう。私はおそらく一気に五百年分の年をとる。多分、肉体は消滅しているだろう。おまえが命がけで愛してくれたことで、私はようやく五百年の時間にピリオドを打つことができる。おまえを愛してよかった。幸せだったのは私のほうだ。最高の幸せをくれて本当にありがとう。おまえの生をあの世から見ている。立派な獣医になってくれ。

ルドルフからの手紙。途中から涙があふれてよく見えなかったが、それでもなにが書かれているのかははっきりとわかった。

「ちょっ……待っ……ルド……ないよ……こんなの……ないよ」

肉体は消滅？

ではルドルフは消えていなくなったのか？

あわてて愛生はガウンをはおって、あたりを見まわした。

どこかにルドルフはいないのか、どこかに彼の足跡はないのかと。

（こんなことって……呪いが解けることに……そんな意味があったなんて）

ありえない。そんなこと聞いていない。自分が死ぬはずだったのに、ルドルフが消えてしまうなんて、そんなこと。

家のなかを必死にさがしてもルドルフはいない。もう消えてしまったのか。

（これがあなたの望みだったの？　俺からの愛が手に入ったら、一番欲しいものが手に入るって言ってたけど……これが）

愛生は泣きじゃくりながら家中をさがしまわった。だが、彼のいる形跡はどこにもない。

わずかな望みをかけ、愛生はそれでも窓を開け、テラスに出て、雪の森を見わたした。

そのとき、雪明かりのなか、湖畔に倒れている人影があることに気づいた。

「あれは……」

雪が降り積もっていくなかに消えていこうとしている人影――。

「ルドルフさま……っ！」

まだ消えていない。まだそこにいる。

愛生は冷たさも忘れ、雪の道に飛び出し、雪の上を裸足で走って、湖畔にぐったりと倒れ、今にも雪に埋もれそうになっているルドルフを抱きあげた。

身動きしない。力尽きたように。幸せそうな満たされたような笑みを浮かべたまま。

「ルドルフさま……ルドルフさま」

目を瞑《つむ》り、死んだようになっている。もう死んでしまったのか。もうこのまま消えてしまうのか。

泣きながら、彼の息と鼓動を確かめた愛生は、そこから感じたかすかに気配に、天を振り仰いだ。

ああ、神さま……ありがとうございます。

どっとあふれてくる涙。彼がまだ生きている。彼の呼吸も心音も動いている。

「大丈夫だ……生きている……ルドルフさま……死なないで……消えないで」

まだだ、まだ彼は生きている。愛生はもう一度、彼の呼吸と心音を確かめた。かすかな呼吸、それから小さく打っている心臓の音。

「……愛生さん」

ふいに背後からハヴェルの声がした。ふりむくと、淋しそうな顔で彼の執事が立っていた。

「……呪いが解けたのですね」

「でも彼は死んでいません、どうして……」

「私にもわかりません。呪いが解けたとき、彼の肉体は五百年のときを一気に刻んで消滅するはずだったのに」

愛生はハヴェルの言葉に耳をかたむけた。

「その愛に包まれたとき、彼は永遠の死を迎えることができるはずでした。この世からの消滅。それが一番の彼の望み、彼の求めているものでした」

「ではどうして彼の肉体はここに……命もまだ……」

愛生が問いかけると、ハヴェルが口元に淡い笑みを刻んだ。

「奇跡かもしれません……おそらくあなたの愛が呪いよりも強かったのでしょう」

呪いを解く鍵は――愛生の心臓を食べることではなかった。死をも恐れず、その恐怖に乗り越えて、獣の彼に抱かれ、花嫁になることができる人間の真実の愛が必要だった。

それなら自負がある。かつて記憶が消えなかったように、もしかすると、自分は彼の呪いよりもずっと強い思いとパワーを持っているのかもしれない、と。

「では、彼は目覚めるのですか」

「さあ、わかりません。ただ肉体が消滅していないということは、まだ彼が生きているということですから。あなたは彼の花嫁として、彼の目覚めを待ってください。できますか?」

「そうすれば、彼は目覚めてくれるのですか」

「さあ、それは私には」

愛生はルドルフを見下ろした。まだ生きている。呼吸も心音もある。まだここに彼がいる。まだ体温もあたたかい。それだけでも救いだ。あきらめない。なにがあっても。

「わかりました。待ちます、ずっとずっと俺が生きているかぎり」


しんしんと雪が降り続いているボヘミアの森。

その日から愛生は別館でタロとともにルドルフが目覚めるのを待つことにした。

ルドルフをベッドに寝かせ、タロをその隣に寝かせて、看病をしながら、チェコ語の勉強をして、いざというとき、すぐに大学に入れるようにと思って。

屋敷の管理や財産の管理は、ハヴェルとヨナシュと相談しながら。

ルドルフは自分が死んだあと、すべての財産が愛生のものになるようにと、養子の手続きをとってくれていた。

『あなたは、ルドルフさまの養子として、これからは、愛生・川崎・フォン・ヴォルファルト＝グレーツと名乗ってください』

ルドルフの家族。花嫁として彼の子を身ごもることはできなかったが、自分が気がつけば彼の養子になっていたとは。

（本当に……何て愛しいひとだろう。何て俺は幸せなんだろう）

そんなひとに愛されたなんて。

だからこの幸せに恩返しできるように早くここにもどってきて——と、愛生は祈るような気持ちでルドルフの傍らに居続けた。

そして毎日、その日にあったことを眠っているルドルフに報告した。

冬から春の間にチェコ語の勉強をして、夏に大学入学試験をうけて、秋に獣医大学の学生になれたこともすべて。

「ルドルフさま、俺が獣医大学に入るか、あなたが目覚めるかどっちが早いか競争だと思っていたけど……俺のほうが早かったみたいだね。じゃあ、次は、俺とあなたの結婚記念日までに目覚めるように祈ってるからね」

どんなに話しかけてもルドルフが目覚めることはない。

狼に変身することはない代わりに、今度は眠り姫になってしまったらしい。

十年前、愛生の父の車の事故で亡くならなかった生き残りの狼たちはルドルフが意識を失ったあと、塵にも芥にもならず、人間にもどり、今はハヴェルの下で働いて侯爵家を護っている。なのにルドルフだけもどってこない。

「どれだけおとぎ話を踏襲してるんだよ。百年も眠ったりしないよね。俺のほうが死んじゃうから、それは困るからね」

あの童話のようにキスをしたら目が覚めるのではないかと思い、毎朝毎晩、愛生はくちづけをしながら待ち続けた。だが、それでも彼は目を覚まさない。

別館に残り、ルドルフとふたりで過ごす人生。タロと三人、幸せなのに、起きているルドルフと話すことができない。

(それでも幸せなのかな。彼が消滅していないのだから。眠ったままのルドルフさまでも彼がここにいるだけで)

そう、眠ったままの彼の隣に横になって、毎日、彼を抱きしめて眠っている。

「俺……信じているから。ルドルフさまが絶対に目覚めるって。そうしたらタロと三人で一緒にここでずっと暮らしていく。待っているから目を覚まして。お願いだから。大好きだよ、愛しているよ、ずっとずっとそばにいて」

眠ったままの彼の耳元にキスをしながら、いつも話しかける。

淋しくはない。彼が生きているから。

ただ胸が痛くなって涙が出てしまう。

そんな愛生を慰めてくれたのはタロだった。タロが横で愛生をあたためてくれる。ルドルフと一緒に三人で眠る。その夜がある間は幸せだった。

「タロ……せめて俺が獣医になるまで元気にいてくれよ。ルドルフさまが目を覚ましたとき、一緒に彼を迎えよう。な、だから、おまえは元気で俺のそばにいるんだよ」

祈るようにそう言い続けたが、ルドルフと再会してからちょうど一年が経ったころ、秋が終わろうとしている初雪の朝、ついにタロが旅立ってしまった。

眠るように、ルドルフと愛生の間にはさまって、幸せな顔して。

「タロ……ありがとう……タロ……」

ルドルフと違って、タロはもう息をしていなかった。心臓の音もしない。どんどん冷たくなって、身体も固くなっていってしまった。

愛生はタロを湖のほとりの菩提樹の根元に埋めたあと、ルドルフにいつものようにキスをした。

「早く目を覚まして。独りぼっちはイヤだよ。タロがいなくなったよ。タロはもういないんだ。ルドルフ、早く俺のところに帰ってきてよ」

もうひとりはいやだ。タロがいなくなって、ここでずっと眠ったままのあなたといるなんて辛い。もういっそ、一緒に死にたい。あなたを抱いて、タロの眠っている湖に沈んでしまいたい。

「……だめ？　もう一緒に消えたらだめかな。愛に生きろって言われたけど……愛する相手がいないのに生きてなんていけないよ」

その唇に唇を這わせ、眸からあふれる涙でそのほおを濡らし、その肩を抱きしめて、何度も何度もキスをする。

「お願いだよ、もうすぐ俺たちの結婚記念日だよ。その日までに目覚めなかったら……もう俺……あなたの身体をひきずって、タロのお墓の前で一緒に逝くから……それでいいよね……それで」

泣きながらもう一度キスをする。せめて自分の祈りが聞こえ、目覚めてくれるのではないかと思って。そのときだった。唇に触れるものがいつもより熱いことに気づいた。

一瞬、仄かに。わずかだが、ほんの少しだけ動いた気がした。

「ん……っ」

かすかな吐息。いつもよりも呼吸が深い。愛生ははっとしてルドルフの顔をのぞきこんだ。

美しい満月が窓から入りこみ、彼の顔を照らしている。湖で彼が銀狼から変化したときのように、まばゆいほどの月が彼のまぶたを照らし、その端麗な顔をうかびあがらせていく。

「愛生……」

耳に触れた声。まさかまさかまさか――。

「ルドルフさま? 俺だよ、愛生だよ、ルドルフさま、お願い、目覚めて。お願いだから」

彼が生きかえるかどうか。目覚めるかどうか。目覚めたとき、以前の記憶を持っているのかどうかそれはわからない。だけどもう呪いは解けている。だから目覚めて。

一緒に生きて。ここから始めて。お願いだから。

「ルドルフさま――!」

何度も何度もキスをする。目覚めて欲しくて。彼と会いたくて。

「ん……」

唇の角度を変えたとき、ふいにルドルフの手が愛生の髪に触れるのがわかった。狂おしげに髪を梳きあげられ、愛生は全身を震わせた。

「ルドルフさま……目を覚ましたの……ルドルフさま……」

彼がどういう状態なのか。不安のまま顔を近づけると、ルドルフは淡くほほえんだ。

「愛生……おはよう」

その言葉に、またどっと涙があふれてくる。夢ではない。彼が帰ってきた。

「よかった……ルドルフさま……ああ、目を覚ましてくれたんですね」

「タロが……タロがきた」

まだ話しにくそうにしているが、ルドルフのいつもの声だった。低く深みのある声音。

「え……」

「代わりに逝くから、愛生を頼むって」

そう言ってほほえんだルドルフの目が以前とはまったく異質なことに気づいた。冷たく無感情だった彼の眸に目覚めたことへの喜びと幸せの光が満ちている。

「愛生を幸せにしてくれって。愛生のところにもどれ、と」

「……ルドルフさま……タロ……ルドルフさ……ああ、タロ……ありがとう」

愛生が手をさまよわせたそのとき、すっと伸びてきた腕に強く抱きしめられる。

「愛生……抱きしめてくれ。寒い……」

「え……」

「寒い……それに腹が減った」

「本当に寒いの？　寒さを感じるの？」

問いかけているうちにぽろぽろと愛生の眸から涙がこぼれ落ちてくる。ルドルフは指を伸ばして、その涙を掬った。

「おまえの涙は熱いな。こんなに熱い涙をしていたのか」

「そうだよ、熱いんだよ。とってもとっても俺の涙は熱いから」

「タロがそう言ってた。愛生のところにもどって、愛生の涙をぬぐってくれって。とても熱いからびっくりするよ……と……」

ルドルフが半身を起こし、愛生を強く抱きしめる。愛生はその背に手を伸ばし、彼の首筋に顔をうずめて涙をあふれさせた。

「……っ」

ああ、タロ、タロがルドルフを迎えに行ってくれたんだね、ありがとう。

「帰ってきた。ただいま、愛生」

彼の声が耳に触れ、たまらなくなった。なつかしいこの胸。声の響き。自分を抱きしめる腕の感触。ああ、彼が本当に目を覚ましたのだと実感し、嗚咽《おえつ》がこみあげてくる。

「ルドルフさま…俺……俺……あ……ああっ……あっ……っ」

ああ、お帰りなさい、ずっと待っていたよ、ずっとずっと待っていたよと言いたい。それなのにもう言葉が出てこない。なにも口にできない。涙しか出てこない。

でもいい。おちついてから話せばいい。だってこれからふたりはここで生きていくのだから。

これからずっと幸せに寄りそっていくことができるのだから。

それを強く実感しながら、愛生は自分を抱く彼の背に腕をまわした。

タロ、ありがとう、おまえのくれた幸せをふたりで嚙みしめて生きていくから。

そう心のなかでささやきながら。

＊

すぅっと深い眠りから覚めたルドルフは、肌寒さを感じて傍らに眠っていた愛生を腕にひきよせた。

窓の外は、真っ白な雪に覆われたボヘミアの森。雪がやみ、上空にあがった満月がシンとした夜の森を照らしだし、目にもまばゆいほどだった。けれどルドルフの身体に変化が訪れることはない。以前は、一晩中感じていた狼の王の魂の気配が身体から消えている。

それに毛布から出た首筋や肩がひどく寒い。冬というのはこんなにも痺れるような寒さをしているのかと改めて痛感しながら、愛生をぎゅっと抱きしめると、彼の体温がルドルフの皮膚にじかに伝わり、身体のなかにぬくもりが溶けていくような心地よさを感じる。

魂まであたたかくなっていくような安らかさ。愛おしいものを素直に愛し、抱きしめることができる幸福感……。そんなものを嚙みしめながら、ルドルフは片方だけの目を細めて、あどけない顔で眠っている愛生を見下ろした。

他人を憎むことができないまっすぐで、無垢な子供のような精神をもった二十歳の青年。

いつもその桜色の唇には他人の心を溶かすような笑みを刻み、どんなに辛いことがあってもどんな

に哀しいことがあっても、少しでもいいこと、少しでも幸せなことを探そうとする、うっとうしいほど前向きで、一途に自分を慕ってくる男。

(狼に食べられてもいい、だから花嫁にしてくれだと？　自分の両親が亡くなった原因を作った狼を相手に……よくも、まあそんなバカなことが言えたものだ)

この男のそういう愚かさ、そういう真っ直ぐな一途さが、どれほど忌々しかっただろうか。おかげで、いっそう愛しくなるではないか、いっそう自分のものにしたくなるではないか、と。

——なぜそこまで愛してくれる？　私を愛せば愛するほどおまえは孤独になるというのに。それがわかっていたから突き放したのに。

狼の王の身体に変化したとき、愛生をつがいの相手と認め、花嫁にすれば、五百年の呪いが解けるのはわかっていた。もちろん、もともと彼の心臓を食べる気などなかった。五百年の時間が一気に過ぎ去る前……身体が消滅する前に彼の心臓を食べなければ、塵《ちり》となって消えてしまうのはわかっていたが、愛する者を殺してまで、寿命を手に入れて何になるだろう。十分過ぎるほど生きてきたのに。

そう、呪いを解き、この世から消滅することはとても簡単なことだった。もともとルドルフ自身は彼に憎しみなど持っていなかった。一族の仇というのは詭弁《きべん》だ。この気持ちを封印するための。

愛生が憎しみを持つとも思えなかった。記憶をとりもどしたところで、彼が両親の仇というハードルを飛び越えて正面からぶつかってくるのは明白だった。それでも踏みだせなかったのは、彼をひとりぼっちにして、この世に残すのは忍びなかったからだ。愛しあったあと、彼がルドルフを喪うよりは、離れた場所で遠くから見守る関係でいたほうがいい、そう思っていた。彼の国籍がとれるようにしたときや、施設に寄付したときと同じように。遠くからでも、離れていても、彼が人生を終えるまでそっと見守れればいい、と決意し、ユリエと結婚すると嘘をついて突き放したのに。

それなのに、彼は森にもどってきた。ルドルフの呪いを解きたい、少しでも役に立ちたいという一念。命と引き替えにしてもいいから、五百年以上も続く呪いを解きたいと訴えて、押しかけ女房のように。そのとき、ルドルフのなかでひとつの決意が胸の奥で固まった。

――すまない、愛生。おまえをひとりぼっちにしてしまうが……深い孤独と哀しみを与えるかもしれないが、おまえを愛することを赦《ゆる》して欲しい。五百年分の愛をおまえに捧げるから。

そんな祈りをこめて彼を狼の花嫁にした。翌日、新郎が塵と消えてしまう哀しみと絶望。愛に生きることを望み、愛だけを頼りに生きている彼を、ひとりぼっちにしてしまう切なさを思うと、心が引き裂かれそうだった。だが、ハヴェルや獣医仲間から、彼が獣医になりたいと志し、前に進もうとしている話を耳にし、それならば、愛生は一人でもきっと立派に生きていける、そしてまた愛する者をさがせるはずだと信じ、ルドルフは彼を腕に抱いたのだ。

もうこれで十分だ、湖に消えよう、あの世にいる一族たちのもとに行こう、と思いながら。

その後、果てしなく長い間、光の届かない闇路をひとりで歩いていた。あれは、あの世とこの世の境界線だったのだろう。湖の底に行けば失った時間の底にもどれる、そう思って。それなのに前に進もうとしたとき、ワンっと後ろから自分を呼ぶタロの声が聞こえた。ワンワンワンっというタロの声。そのむこうから狼の王の声が聞こえてきた。

『すまない、おまえを試して。もういいから、愛する者のところにもどれ』

その刹那、愛生の声が聞こえてきた。

『早く目を覚まして。独りぼっちはイヤだよ。タロがいなくなったよ。タロはもういないんだ。ルドルフさま、早く俺のところに帰ってきて』

哀しそうな愛生の声。愛しい相手が自分を呼ぶ声。もどりたい、愛生のところにもどりたい。

強くそう思ったとき、ルドルフは目を覚ました。目の前には涙でいっぱいになった愛生の双眸。

ああ、逝けない、そう思った。この愛しい者とこの世で生きる時間がもっと欲しい、よりそいながら、ふたりの人生を刻んでいく時間が欲しい――と祈るような気持ちで。

それから一カ月、止まっていたルドルフの時間は動き始めた。寒さ暑さも感じるようになり、食事をしないと空腹になり、眠っているとき、左目を悪夢が通り過ぎることもなくなった。

（つまり呪いを解くとはそういうことか……真実の愛とは……こういうことだったのか）

自分は狼の王に試されていたのだ。愛生を殺せなかったこと、ルドルフの彼への想いこそが呪いを解いたのだというのが今更ながらにようやくわかった。

五百年前、国王と教会の命令とはいえ、姉の夫だった大好きな狼王の討伐に加わってしまった自分。

『大好き、狼の王さま、王さま、大好きだよ、大好き』

子供のときの愛生の言葉。あれは幼い日のルドルフと同じものだった。愛生がそう言って、狼に変身した自分に抱きついてくるたび、そうだ、自分も同じように、狼の王が大好きだったと、はるか昔、子供のころを思い出し、胸が切なくなった。と同時に、愛生といると、狼の王の呪いがかかったあと、ずっと自分のなかから消えていた人間的な感情がよみがえっていく実感を抱いた。

父親と母親を失い、泣いていた。なのに、左腿に車軸が刺さったルドルフを心配していた。そのまま狼に変化したルドルフの姿を見て驚くよりも前に、その喉元に牙を向けても恐れることもなく、こちらを一番に気づかっていた。

『狼さん、早く血を止めないと。早く……早く血を止めないと死んじゃうよ』

両親を喪《うしな》った哀しみ、たくさんの狼の死を見た哀しみ。自分だって怪我をしている、それなのにどうしてこちらのことを案じるのか——と思ったとき、彼を殺そうという気持ちが失せた。そのまま館に連れて帰り、昼間はルドルフとして、夜は狼の王として彼を育んで。

それから十年が過ぎ、愛生と再会して、愛しあって、呪いが解けて……。

今、こうして愛生を抱いていると、時々、タロの声が聞こえてくる気がする。

『愛生を幸せにして。約束だよ、狼の王は……ルドルフさまの身体のなかにいたとき、一緒に愛生を好きになって、ああ、愛するっていいことだなと実感したと思うよ。そのとき、彼の憎しみは解けていたんだろうね。だから彼とぼくは、ふたりで天国に逝くね。ルドルフさま、ぼくたち二人分の思いもかかえて愛生を幸せにして。愛生を大事にしてね』

その声が身の奥で響くと、ルドルフは口元に皮肉めいた苦い笑みをこぼしてしまう。

（二人分か。タロも狼の王も自分たちを人間とでも思っていたのか）

少しばかり彼らを揶揄しながらも、ルドルフは心の底でタロと狼の王、それから愛生に感謝をせずにはいられない。今、こうして生きていること、今、こうして愛するものと過ごせていること……その幸せを噛みしめながら。

（おやすみなさい、狼の王さま。おやすみ、タロ……天国で私たちを見守ってくれ）

愛生を抱き寄せ、そっとそのほおにキスをしたルドルフの視界に、そのとき、窓の外を走っていく銀狼の姿がよぎった。

今、ボヘミアの森にいる銀狼。彼らの新たなリーダー——王となったのは、一年前、まだ小さな仔狼だったペーターだった。狼になった一族にまぎれていた野生の狼のうちの一頭。生まれながらの本物の銀狼。彼が立派に成人し、今では雄々しく狼たちの群れを率いている。

「ペーター、頼んだぞ、新たな森の王として狼たちを守ってくれ。私はこの森の狼を保護しながら、愛生と二人、人間として生きていくから」

すべての狼たちへの愛、それから亡くなった狼の王とタロへの感謝の気持ちと愛しさをこめながら、傍らに眠っている愛生にキスをする。

「ん……っ」

甘い息を吐いて愛生が目ざめる。昨夜の淫らでなやましい吐息とはまた別の、優しくあたたかな吐息を吐いて、ルドルフにもたれかかりながら。

「おはよう、愛生」

その肩を抱きしめ、こめかみにキスをくりかえしながらささやくと、愛生が目を細めてほほえむ。

「おはよう、ルドルフさま、大好きだよ」

幸せそうな満たされた笑み。窓から差しこんできた朝陽をまばゆいほど受けながらほほえむ愛生。

その微笑、太陽の光に感謝をしながら、ルドルフは彼の唇にくちづけた。彼を幸せにしようと誓うように。抱きしめても抱きしめても足りない愛しさとともに。

あとがき

この度は、この本をお手にとって頂き、ありがとうございます。

今回の舞台はチェコのプラハとボヘミアの森。呪いがかかった貴族のへたれ若様と、幼い時、彼に育てられた愛生《あい》という一途な男の子のお話です。担当様からのリクエストは「美女と野獣」「青ひげ公」「あしながおじさん」的大人のメルヘンでしたが、気がつけば「白鳥の湖」と「眠り姫」風味（しかも姫が攻）になり、なぜか野獣のほうが麗しく、美女というより押しかけ女房になって……完成後、あれ？　と二人で首を捻る結果に。まあ、動物のタロも活躍していますし、モフモフシーンもありますし、勿論、○○もあるので、ほほえましい気持ちで楽しんで頂けたら嬉しいです。

ｙｏｃｏ先生、美しくもファンタジックなイラストを本当にありがとうございました。カラーもモノクロも格好良くて麗しくて愛らしくてとても嬉しかったです。担当様、本当にありがとうございました。お優しさに甘えてばかりですみません。これからもどうかよろしくお願いします。

ここまで読んでくださった皆様、ありがとうございます。大好きなモフモフが書けてとても楽しかったです。四年前に行ったチェコの冬も書くことができて嬉しかったです。よかったら感想などお聞かせくださいね。

CROSS NOVELSをお買い上げいただき
ありがとうございます。
この本を読んだご意見・ご感想をお寄せください。

〒110-8625
東京都台東区東上野2-8-7　笠倉出版社
CROSS NOVELS 編集部
「華藤えれな先生」係／「yoco先生」係

CROSS NOVELS

銀狼の婚淫

著者

華藤えれな

2014年12月23日　初版発行　検印廃止
2015年 1月 8日　第2版発行

発行者　笠倉伸夫
発行所　株式会社 笠倉出版社
〒110-8625　東京都台東区東上野2-8-7　笠倉ビル
[営業]TEL　0120-984-164
FAX　03-4355-1109
[編集]TEL　03-4355-1103
FAX　03-5846-3493
http://www.kasakura.co.jp/
振替口座　00130-9-75686
印刷　株式会社 光邦
装丁　斉藤麻実子〈Asanomi Graphic〉
ISBN 978-4-7730-8746-8
Printed in Japan